ANNE HELENE BUBENZER

Das Weihnachtswunder des Henry N. Brown

ANNE HELENE BUBENZER

Das Weihnachtswunder des Henry N. Brown

Roman

THIELE VERLAG

Für Johannes

Wie wenig Lärm machen die wirklichen Wunder!
Antoine de Saint-Exupéry

Über Weihnachten kann man sagen, was man will, aber eins ist sicher: An diesen Tagen liegt mehr in der Luft als Plätzchenduft und Schneegestöber. Ja, ich behaupte, an diesen Tagen ist buchstäblich alles möglich, vor allem das Unmögliche.

Wer ich bin, dass ich meine, diese These aufstellen zu dürfen? Das ist leicht erklärt. Mein Name ist Henry N. Brown, ich bin einundneunzig Jahre alt und habe viel von der Welt gesehen. Niemals habe ich an etwas anderes geglaubt als an die Liebe. Aber seit kurzem glaube ich an Wunder.

Ich vermute, Wunder und Liebe fallen irgendwie in dieselbe Kategorie unbeweisbarer Phänomene: Sie können einen jederzeit treffen, egal wie alt man ist. Sie sind plötzlich da und verändern alles. Und natürlich ist niemand je darauf vorbereitet. Auch ich nicht.

Zwölf Jahre habe ich jetzt gemütlich im Bücherregal der Schriftstellerin Flora Sommer gesessen. An meiner rechten Schulter lehnte John Irving, an der linken James Joyce (Flora nimmt es mit dem Alphabet sehr genau). Es ist ein guter Platz mit schöner Aussicht über die Dächer der Stadt und mit Überblick über das riesige Loft, gerade richtig für einen in die Jahre gekommenen Teddybären mit dünnem Fell und beginnenden Haltungsschäden. Ja, ich gebe zu, dieses Leben ist nicht spurlos an mir vorübergegangen.

Angefangen hat es in Bath, England, 1921, als Alice Sheridan mir zuerst die Liebe in die Brust und dann das zweite Auge an den Kopf nähte. Da erblickte ich das Licht der Welt, und schon kurz darauf begann meine Odyssee durch das zwanzigste Jahrhundert. Wie jeder Teddybär bin ich bewegungslos und daher zu undankbarer Tatenlosigkeit verurteilt. Aber das heißt natürlich nicht, dass der Rest von mir auch nicht funktioniert – im Gegenteil: Ich kann wunderbar hören, sehen, riechen, denken. Und vor allem kann ich fühlen. Letzteres ist wahrscheinlich meine größte Qualität, und ich bin ziemlich stolz darauf, denn ich glaube, sie hat entscheidend dazu beigetragen, viele Menschen glücklich zu machen.

Das Schicksal hat mich quer durch die Welt geschickt und immer wieder auf die Probe gestellt. Atlantiküberquerungen, Krieg an verschiedenen Fronten, Flutkatastrophen und eiserne Vorhänge, Brände – all das habe ich erlebt und überlebt. Ich wurde unzählige Male verloren und gefunden, verschenkt und vergessen. Trotzdem habe ich immer, egal, wohin es mich verschlug und welchen Namen ich trug (und das waren beileibe nicht wenige), versucht, meiner Aufgabe als Bär gerecht zu werden und jedem, der es von mir erwartete, ein verständnisvoller und treuer Begleiter zu sein.

Mein Erfolgsgeheimnis dabei war und ist die Liebe.

Über achtzig Jahre habe ich sie heimlich in mir bewahrt, so wie Alice es mir damals auftrug, als sie mich fertiggestellt hatte: »Tief drinnen in deiner Brust habe ich die Liebe versteckt, kleiner Henry«, sagte sie. »Und du musst gut darauf aufpassen, denn sie ist das Wertvollste, was es gibt.« Das waren ihre Worte, und ich habe sie nie vergessen.

Und was soll ich sagen? Alice war verglichen mit anderen Leuten, die ich später noch kennenlernte, vielleicht nicht übermäßig gebildet oder weitsichtig, aber was die Liebe angeht, hat sie absolut Recht behalten.

Umso größer war dann der Schock, als kurz nachdem Flora mich in Wien in einem alten Bären- und Puppenladen gekauft hatte, ein Flughafenbeamter an der Sicherheitskontrolle entdeckte, dass sich in meiner Brust etwas verbarg, und mich aufschneiden wollte. Bis heute bereiten mir diese schrecklichen Stunden, in denen ich in einer grauen Plastikwanne lag und darauf wartete, dass jemand mit einem Teppichmesser anrückte, Albträume. Glücklicherweise hat Flora mich in letzter Sekunde gerettet und die Sache so geregelt, dass ich meine Würde nicht gänzlich einbüßte und nach eingehender Prüfung auch die Liebe zurückbekam. Und nicht nur das. Flora hat als Erste begriffen, dass ich nicht einfach nur ein altes, abgeliebtes Spielzeug bin, sondern eine eigene Biographie habe (die hat sie sogar aufgeschrieben!). Meine Dankbarkeit dafür kennt keine Grenzen – meine Möglichkeiten, sie auszudrücken, hingegen leider schon. Ich wünschte, ich könnte es laut in die Welt hinausrufen. Aber mir bleibt nichts anderes, als zu hoffen, dass sie spürt, wie verbunden ich ihr seit damals bin. Und seit Weihnachten noch viel mehr …

Mit dem Einzug in Floras Regal hielt ich den Zeitpunkt für günstig, in den wohlverdienten Ruhestand zu gehen. Ich habe wahrlich genug Aufregung in meinem Leben gehabt. Da saß ich, umgeben von den Geschichten dieser Welt, und wollte kaum mehr, als gelegentlich von früher zu träumen. Das war vollkommen ausreichend. Ich war zufrieden. Glaubte, ich würde auch in Zukunft einfach nur Jahreszeiten und Menschen kommen und gehen, Floras Bücher entstehen und Blumen verwelken sehen. Kurz: Ich erwartete nichts und rechnete nicht mehr mit umwälzenden Veränderungen. Aber seit Heiligabend weiß ich, dass das Leben immer noch eine Überraschung bereithält – sogar für mich!

Dabei hatten wir gar nichts Außergewöhnliches vor, Flora und ich. Jedenfalls behauptete sie das, wenn sie gefragt wurde, was sie für Heiligabend plane.

»Nichts Besonderes«, sagte sie (wie ich finde, auffällig beiläufig). »Ich werde den Baum schmücken, schöne Musik auflegen und einen Adventstee trinken, am Nachmittag gucke ich *Drei Nüsse für Aschenbrödel*, und danach muss ich endlich noch mein Manuskript korrigieren. Mir ist dieses Jahr irgendwie nicht nach Feiern.«

Ich saß im Regal und wackelte innerlich mit den Ohren.

Wie bitte? Dir ist nicht nach Feiern? Verzeih, dass ich lache, aber du bist eine schlechte Lügnerin!

Natürlich ist Flora Heiligabend nicht gleichgültig. Jeder, der sie ein bisschen besser kennt, hätte das wissen müssen. Sie liebt die Weihnachtszeit!

Schließlich beginnt bei uns pünktlich zum ersten Advent die Plätzchenbäckerei. Jedes Jahr. Ohne Ausnahme. Dann macht sich Flora einen Pferdeschwanz, bindet sich eine Schürze um und legt feierlich den schmalen goldenen Ring ab, den sie von ihrer Großmutter geerbt hat. Sorgfältig backt sie Mandelmakronen und Bethmännchen, Marmeladentaler und Spritzgebäck, Vanillekipferl und Zimtsterne, und überall riecht es nach Gewürzen und Gebäck. Damit ist die Saison eingeläutet. Sie schmückt die Wohnung – nicht übertrieben, nur mit kleinen glitzernden Hinweisen – bindet einen Adventskranz und bestückt ihn mit allerlei verrücktem Kleinkram.

Auch in diesem Jahr hat Flora an den Sonntagen vor Weihnachten die Adventskerzen angezündet und bei mehr oder weniger schöner Musik Geschenke eingepackt. (Im Radio dudelte Weihnachtspop, alle drei Stunden wieder kam ein Lied, in dem ein Mann sehnsüchtig *Last Christmas I Gave You My Heart* sang, und ich konnte nicht umhin, gelegentlich zu denken, dass vermutlich niemand sein Herz so oft verschenkt hat wie ich, auf keinen Fall aber dieser Typ.) Sie hat hoffnungsfroh einen Mistelzweig über die Tür gehängt und ein paar Tage vor Weihnachten einen Baum besorgt, der bis Heiligabend auf dem Balkon auf seinen glanzvollen Auftritt wartete. Und wie jedes Jahr hat sie mit ihrer besten Freundin Mara einen rührenden englischen Weihnachtsfilm angeschaut, in dem es, wie der Titel verspricht, tatsächlich um Liebe geht. Keine Frage, dass der mir auch gefällt.

Es war also eigentlich alles perfekt. Nur der Schnee fehlte. Tagelang hat es unentwegt geregnet, so eisig und heftig, dass Flora schon meinte, die Welt würde doch noch untergehen.

»Von Weihnachtsstimmung merke ich bei diesem Wetter nichts«, sagte sie, als sie mit Mara telefonierte. »Vielleicht ist ja doch was an dieser Maya-Prophezeiung? Was sind schon ein oder zwei Tage Verspätung bei einer jahrhundertealten Vorhersage? Mit der ganzen Zeitverschiebung und so, das wussten die Maya doch alles gar nicht …«

Ich fragte mich, ob sie im Ernst erwog, daran zu glauben. Mit Verlaub, diese ominöse Weltuntergangsweissagung ist mir in der letzten Zeit ziemlich auf die Nerven gegangen. Ich fürchte, mein Denkvermögen ist einfach zu begrenzt, um zu verstehen, was die Leute so daran fasziniert. Bevor die Maya vor ein paar Wochen in den Abendnachrichten auftauchten und lange Informationssendungen über die untergegangene Kultur aus dem Hut gezaubert wurden, hatte ich noch nie von ihnen gehört – und offenbar wusste auch sonst kaum jemand über sie Bescheid. Trotzdem erwähnte plötzlich jeder, der bei uns zur Tür herausging, irgendwie den bevorstehenden Untergang.

»Wir sehen uns Samstag, wenn die Welt nicht vorher untergeht«, sagten selbst Floras intelligente Freunde und lachten dabei ein unsicheres Lachen, als würden sie ihrem eigenen Witz nicht hundertprozentig trauen, in einer Mischung aus Fatalismus und Überheblichkeit. Ich habe viel über dieses merkwürdige Verhalten nachgedacht – die einzige einleuchtende Erklärung scheint mir, dass es den Menschen ziemlich schwerfällt, sich ernsthaft mit ihrem eigenen Ende zu beschäftigen.

Falls die Welt unterging, tat sie es anderswo oder von mir unbemerkt. Bei uns gab es jedenfalls kein großes Donnerwetter, die Sonne erlosch nicht, stattdessen hörte es in der darauffolgenden Nacht auf zu regnen. Die Tropfen gefroren zu Schneeflocken, der Winter setzte dem Balkongeländer eine weiße Haube auf, und auf dem kleinen Vogelhäuschen vor dem Fenster herrschte bald Dachlawinengefahr. Die Welt dort draußen trug ein neues Gewand. Glitzernd und hell und neu.

Als Flora gestern morgen in ihren etwas zu großen Bademantel gehüllt ins Wohnzimmer kam, blieb sie vor dem großen Fenster stehen und schlang sich die Arme um die Schultern. Ihre nackten Zehen wackelten glücklich. Fünf Minuten vergingen, in denen sie verträumt dem dichten Schneetreiben vor dem Fenster zuschaute. Mit einem zufriedenen Lächeln auf dem

Gesicht sagte sie: »Endlich«, und in ihrer leisen Stimme lag eine feierliche Vorfreude.

Noch im Schlafanzug zog sie sich Mütze, Jacke und Stiefel an und stapfte hinaus auf den Balkon. Durch die Tür wehte ein kalter Windstoß zu mir herein. Die Luft roch nach Winter.

»So, ihr kleinen Vögel«, redete Flora in den Vormittagshimmel. »Jetzt bekommt ihr auch ein Festmahl. Leckere kleine Körner und schöne Meisenknödel. Und einen dicken Apfel – wegen der Vitamine. Bitte schön.«

Mit vollen Händen verteilte sie das Vogelfutter und hängte einen rotbackigen Apfel am Balkongeländer auf. »Frohe Weihnachten«, sagte sie gerade so laut, dass ich es hören konnte. Es hätte mich nicht gewundert, wenn sich in diesem Moment ein Rotkehlchen auf ihre Schulter gesetzt und mit einem Liedchen bedankt hätte. Solche Dinge passierten Flora. Aber die Vögel hatten es sich offenbar anderswo gemütlich gemacht. Flora griff nach der kleinen Nordmanntanne, die geduldig an der Hauswand lehnte, und schüttelte ihr den Schnee aus den Ästen. »Und du kommst jetzt mit rein ins Warme«, redete sie weiter. »Und dann wirst du richtig schön gemacht.«

Schnee und Lichterglanz, und in der Luft die Ahnung von etwas Geheimnisvollem. So hat sie es am liebsten, das weiß ich genau. Heiligabend ist für sie genau das, wonach es sich anhört. Würde sie sich da hinsetzen und ein Manuskript korrigieren? Nie im Leben!

Flora hatte sehr wohl etwas Besonderes vor, nur hielt sie es geheim. (Nicht vor mir natürlich, wir haben keine Geheimnisse voreinander. Sie kennt mein Innerstes. Und ich ihres.) Ihr Geheimnis heißt Felix. Er ist Mitte dreißig, ein bisschen verrückt und blond und besucht uns seit fast einem Jahr regelmäßig. Anfangs habe ich ihm nicht viel Beachtung geschenkt. Erst war er ein Gast zum Essen, dann ein Gast zum Übernachten. Schließlich blieb er übers Wochenende. So was ist schon häufiger vorgekommen, von daher war an ihm nichts wirklich Außergewöhnliches. Aber als Flora ihm eines Morgens aus einem noch unvollendeten Manuskript vorlas, wurde ich hellhörig. *Das* war bisher erst einmal vorgekommen.

Sie war in Felix verliebt.

Auch das will im Prinzip nicht viel heißen, denn sie ist mit einem hohen Maß an Liebespotenzial ausgestattet, mit reichlich Gefühlen und viel Phantasie, wie es sich für eine Schriftstellerin gehört, die überwiegend Liebesromane schreibt, und sie verliebt sich regelmäßig in alles Mögliche: in Romanfiguren und Seriendarsteller, in Ideen und Lampen, in Schneeflocken und Meeresstrände. Sie ist wach für die Schönheiten, die sie umgeben. Auch für jene, die man erst auf den zweiten Blick erkennt. Ein welker Tulpenstrauß rührt sie meist mehr an als eine schlanke rote Rose. (Ich muss nicht betonen, dass ich sie gerade darum so besonders gerne mag.) Natürlich verliebt sie sich auch immer wieder in lebendige Männer. Und ich denke, ich bin nicht der Einzige, der inzwischen begriffen hat, dass sie dabei leider kein besonders glückliches Händchen hat. Die Männer, an die sie ihr Herz verliert, sind meist das komplette Gegenteil der Romanfiguren und Seriendarsteller, die sie bewundert. Kurz, sie hat eine Schwäche für narzisstische Egozentriker, die nichts anderes wollen, als bewundert zu werden und sich im Glanz liebevoller Augen zu spiegeln. Ich weiß nicht, warum das so ist. Sie ist sonst wirklich nicht auf den Kopf gefallen, und man sollte doch meinen, wenn einer schon mal die Liebe in Händen gehalten hat, könnte eigentlich nicht mehr viel schiefgehen. Aber im Fall Flora Sommer scheint das nicht zuzutreffen.

Ich bin ein Kenner in diesen Fragen, Berater der ersten Stunde, Kummerbär und Seelentröster – natürlich sehe ich es ihr an der Nasenspitze an, wenn es wieder so weit ist. Dann zieht eine spezielle Verträumtheit in ihre Bewegungen und Gesten ein, ihre Stimme wird einen viertel Ton tiefer und ihr Lachen irgendwie gurrend. Sie schwebt drei Zentimeter über dem Boden, redet viel Unsinn und isst wenig – und so geht es dann, bis sie wieder nächtelang auf ihr winziges Telefon starrt und vergeblich auf den Piepton wartet, der eine neue Nachricht ankündigt. Bis irgendein dahergelaufener Pianist sagt: »Findest du nicht auch, dass ich richtig schöne Hände habe?«; bis ein Kriegsjournalist ihr zum Abschied die Hand auf die Schulter legt und sagt: »Weißt du, ich finde dich wirklich nett, aber ich muss das echte Leben spüren«; oder bis ein drittklassiger Fernsehschauspieler zwischen zwei Küssen sagt: »Pass auf, dass du mich nicht kratzt, ich hab morgen eine Szene ohne Hemd.«

Mit Felix war es anders.

Flora war auf eine ruhige, ja, für ihre Verhältnisse geradezu gelassene Art verliebt. Natürlich guckte sie zehn Mal in den Spiegel, bevor sie sich mit ihm traf. Sie bezog das Bett frisch, wenn er kam, putzte die Wohnung und kaufte besonders leckere Dinge und seine Lieblingszeitung ein, aber ich glaube, das tat sie nicht, weil sie versuchte, etwas darzustellen, sondern einfach, weil sie Spaß daran hatte. Wenn Felix da war, rannte sie nicht wie ein aufgescheuchtes Huhn durch die Wohnung, bekam nicht diese nervös-roten Wangen und plapperte auch nicht schneller, als sie denken konnte (ehrlich, ich habe sie schon die peinlichsten Sachen sagen hören, wenn sie Männerbesuch hatte!). Sie lachte vielmehr frei und mit offenem Mund, versuchte gar nicht erst ihren leicht schiefen Schneidezahn zu verstecken und schlief mitunter sogar länger als er. Mit Felix war Flora mehr sie selbst als mit jedem anderen Mann, der je unser Wohnzimmer betreten hatte.

Ich mag es, wenn sie so ist. Dann geht es mir nämlich auch gut. Denn auch wenn ich hauptberuflich

Seelentröster bin, kann man mich guten Gewissens als Freund der Harmonie bezeichnen.

Es stimmte mich also durchaus fröhlich, als er neulich mit geheimnisvoller Miene flüsterte: »Nimm dir für Heiligabend nichts vor, ich habe eine Überraschung.«

Nichts weiter, nur: »Nimm dir nichts vor.«

»Wie … was … was denn für eine Überraschung?«, stammelte Flora.

Er grinste frech und küsste sie noch einmal auf den Mund. Als sie versuchte, zu widersprechen, legte er ihr den Zeigefinger auf die Lippen.

»Geheimnis«, flüsterte er.

Dann verschwand er aus der Tür.

Würde er mit Pizza und einem schönen Film kommen, oder mit einem Diamantring und dem Chor der Engel? Wir wussten es nicht. Aber ich traute ihm allerhand zu.

Es wundert mich immer noch, dass niemand stutzig wurde, als Flora so lapidar verkündete, sie habe an Heiligabend nichts Besonderes vor. Von ihren Eltern war nicht unbedingt etwas zu erwarten, die beiden sind seit ihrer Scheidung weitestgehend mit sich selbst beschäftigt, aber wenigstens ihre Schwester Louise hätte aufmerken müssen – selbst wenn sie der Ansicht ist, dass es an Weihnachten hauptsächlich darum geht, die Feiertage »möglichst unbeschadet zu überstehen«.

Im Grunde würde ich ihr gerne Recht geben. Ich brauche nur an mein erstes Weihnachtsfest 1921 zu denken, als ausgerechnet meine »Mutter« Alice mich in London an der Paddington Station zwischen Kofferträgern und Dampfloks aus ihrer Handtasche verlor. Ich fiel einfach – platsch – auf den Bahnsteig und konnte nur hilflos zusehen, wie sie sich mit wehenden Röcken auf Nimmerwiedersehen von mir entfernte. Es war pures Glück, dass ich nicht schon an diesem Tag plattgetrampelt wurde! So viel zum Thema »möglichst unbeschadet die Feiertage überstehen«.

Aber natürlich weiß ich, dass Louise auf etwas anderes anspielt als körperliche Unversehrtheit (obwohl ich auch schon gehört habe, die weihnachtlichen Familienfressgelage wären reine Körperverletzung). Wie Louise es sagt, klingt es zynisch, finde ich, vor allem, wenn man bedenkt, dass wir hier vom Fest der Liebe sprechen, denn so wird es ja schließlich genannt, oder nicht?

Aber Louise ist eine beharrliche Weihnachtsverweigerin und hat all dem »falschen Kitsch«, wie sie es nennt, abgeschworen. Sie verfolgt diese Haltung mit – das muss ich zugeben – ausgeprägter Konsequenz und sorgt stets dafür, über die Feiertage für die Flugrouten nach Übersee eingeteilt zu werden.

»Lieber schenke ich fremden Leuten in zehntausend Meter Höhe Champagner ein, als hier unten erst einen

Familienstreit und dann eine Harmonie-Depression zu bekommen«, sagte sie, als Flora neulich fragte, ob sie in diesem Jahr nicht mal zu Hause bleiben wolle. »Ich bin nicht so eine Romantikerin wie du, Flora. Weihnachten war früher schon schrecklich, und es ist nur noch schlimmer geworden.«

»Das stimmt doch gar nicht« wehrte sich Flora. »Erinnerst du dich nicht daran, wie aufgeregt wir als Kinder waren, wenn das Glöckchen geläutet hat? Und dann hat Papa immer gerufen ›Ich glaube, ich habe das Christkind gesehen‹!«

»Das ist hundert Jahre her«, sagte Louise. »Wir waren damals drei oder vier. Danach gab es doch immer nur Knatsch und Gemecker über das Essen!« Sie stieß Flora mit dem Ellenbogen an. »Der Rosenkohl ist verkocht«, fügte sie mit einer näselnden Stimme hinzu, die eindeutig an ihren Vater erinnerte. Beide mussten lachen.

»Sei mir nicht böse, Flo«, sagte Louise und umarmte ihre Schwester, »aber ich bin in Singapur besser aufgehoben als hier.«

Damit war für sie das Thema erledigt.

Ich habe inzwischen verstanden, dass diese Ansicht ziemlich verbreitet ist. Aber ich kenne die Menschen. Im Prinzip wollen sie alle noch an das Wunder, das schwebende Geheimnis und den glitzernden Zauber glauben, der einst in ihrer Kinderwelt für sie beschworen wurde. Nur ist den meisten irgendwo unterwegs ins zweifelhafte Erwachsenendasein die Fähigkeit oder vielleicht auch die Bereitschaft dazu abhandengekommen. Sie sind so damit beschäftigt, alles zu begreifen, zu durchschauen und zu verstehen – von der Brenndauer der Wachskerzen bis zur Hirnaktivität bei Geschenkreiz ist alles analysiert. Die Bedeutung von Ritualen im Kleinkindalter ist wissenschaftlich erwiesen. Es wird mit größtem Aufwand alles beherzigt und richtig gemacht. Und doch, an Heiligabend, wenn sie unter dem perfekten Baum sitzen, stellen sie enttäuscht fest, dass ihr Herz sich nicht regt, denn das Staunen haben sie trotzdem verlernt.

Nichts vergisst der Mensch schneller. Ich habe es so oft beobachtet.

Bei Flora ist das anders. Soll Louise sie ruhig als Romantikerin bezeichnen, ich sehe in ihren Augen die gespannte Erwartung aller Kinder der Welt. Damit macht sie zumindest mich glücklich.

Es war nicht alles geflunkert. Flora kochte sich wirklich Adventstee. Und auch *Drei Nüsse für Aschenbrödel* flimmerte am Nachmittag über den Fernsehschirm. Aber während Aschenbrödel auf ihrem weißen Pferd durch die Nacht zum Schloss ritt, saß Flora, anstatt mitzufiebern, im Bademantel und mit Schaumgummi zwischen den Zehen auf dem Sofa und lackierte sich die Nägel, zupfte sich die Brauen und tat all die anderen seltsamen Dinge, die Frauen tun, wenn etwas Wichtiges bevorsteht.

Der Duft von Zimtwaffeln und der beißende Geruch des Nagellacks mischten sich zu einer seltsam betäubenden Wolke, die von der Fernsehecke in meine Richtung zog.

Muss das wirklich sein?

Ich erhielt keine Antwort.

Flora war so vertieft in ihr Schönheitsritual, dass sie mich nicht hörte und vor Schreck einen richtigen Hüpfer machte, als es plötzlich an der Tür klingelte.

»Mist«, rief sie und versuchte mit einem Wattebausch den entgleisten Pinselstrich ungeschehen zu machen, wobei um ein Haar das Nagellackfläschchen umgekippt wäre.

»Oh, Gott«, seufzte sie. »Wieso kommt er denn so früh?«

Hektisch raffte sie ihre Kosmetikutensilien zusammen und wackelte im Entengang auf den Fersen in den Flur.

Strenggenommen hätte Felix auch schon am Morgen vor der Tür stehen können, er hatte ja keine genaue Uhrzeit gesagt, aber Flora und ich waren selbstverständlich davon ausgegangen, dass er am frühen Abend kommen würde. Denn Heiligabend, da sind wir uns einig, beginnt erst mit Einbruch der Dunkelheit.

Sicher hatte sie nicht vorgehabt, ihn in diesem Aufzug zu empfangen. Obwohl es üblicherweise doch immer darauf hinausläuft, dass sie all die sorgfältig ausgesuchten Kleidungsstücke wieder auszieht, wenn Felix sie an der Hand ins Schlafzimmer zieht. Das vermute ich jedenfalls. Allerdings verbietet mir der Anstand, darüber weitere Spekulationen anzustellen. Man darf nicht vergessen, dass ich eigentlich Engländer bin … ein Gentleman.

»Hallo?«, hörte ich sie in die Sprechanlage sagen.

»Ich bin's«, ertönte Maras blechern verzerrte Stimme, die ich eigentlich nur erkannte, weil Mara die Einzige ist, die sich mit »Ich bin's« meldet. Ansonsten kann man bei diesem Geschepper bestenfalls ausmachen, ob ein Mann oder eine Frau vor der Tür steht.

Der Öffner summte, und kurz darauf wehte Floras Freundin ins Zimmer.

»Du hast ja gar nichts an«, sagte sie und musterte Flora prüfend.

Na ja, ein Bademantel ist doch nicht nichts.

»Ich habe ja auch niemanden erwartet«, entgegnete Flora spitz, obwohl sie eindeutig erleichtert wirkte.

»Sicher?«

Die Frage war berechtigt. Nicht einmal ein Blinder hätte übersehen, wie ihre langen, dunklen Haare glänzten und ihre Wangen leuchteten. Flora schwieg.

»Und ich dachte, ich müsste mir ernstlich Sorgen um dich machen …«

Ein Lichtblick, hurra! Wenigstens Mara hatte sich Gedanken gemacht.

Sie ließ sich aufs Sofa fallen.

»Oh«, rief sie aus. »*Drei Nüsse für Aschenbrödel*! Wie schön. Das habe ich dieses Jahr schon drei Mal verpasst.«

»Tja, ist schon fast zu Ende«, sagte Flora und befreite ihre Zehen aus dem Schaumstoffhalter.

»Felix. Hab ich recht?«, konstatierte Mara.

»Du verfügst wirklich über einen messerscharfen Geist!«, erwiderte Flora und plumpste neben ihre Freundin.

Das war wohl ein bisschen ironisch gemeint, aber ich finde, dass Mara durchaus schlau ist. Und sie ist lustig. Und ein bisschen dicker als Flora. Aber immer viel schicker gekleidet. Selbst jetzt, für den kurzen Weg über die Straße, sah sie aus, als wäre sie unterwegs zu einer Abendeinladung. Ihre blonden Haare waren hochgesteckt und über ihrem beachtlichen Busen wogten tausend schimmernde Pailletten.

Ich musste an die zwanziger Jahre in England denken. Damals, bei den Browns, wurde eine Stunde vor dem Essen ein Gong geläutet, damit alle ausreichend Zeit hatten, sich umzuziehen. Dann schwirrten Maids und Footmen aus, um den Herrschaften und den Kindern beim Ankleiden zu helfen. Selbst wenn nur im Kreise der Familie gegessen wurde, tolerierte Victor, der Herr des Hauses, keine Bequemlichkeiten. Die Männer trugen weiße Piquée-Hemdsbrüste mit gestärkten Vatermörderkragen, Frack und Weste, die Damen elegante Abendkleider und lange seidene Handschuhe.

Mara hätte sich mit der Kleiderordnung dieser Zeit sicher prächtig zurechtgefunden!

»Mit Kleidung darf man nicht nachlässig sein«, lautet ihr Motto. »Wenn man ein paar Kilo zu viel hat, kann man das nur mit Stil und Humor wieder wettmachen.«

Ich kann ihr nur beipflichten. Humor macht vieles erträglicher. Und Stil, na ja, den hat man, oder man hat ihn nicht.

Eigentlich ist es unglaublich, dass es Flora gelungen ist, ihre Weihnachtspläne vor Mara zu verheimlichen – die beiden sprechen beinahe täglich miteinander und bereden mit einer Offenheit Dinge, die noch vor fünfzig Jahren nicht mal flüsternd im Dunkeln thematisiert worden wären. (Wie schon gesagt, ich stamme aus einer Zeit, in der gesellschaftliche Regeln und Gebote mehr galten als das Individuum; Zeiten, in denen der äußere Anschein alles und die privaten Probleme nichts für fremde Ohren waren. Aber wir Bären sind von Natur aus für Aufrichtigkeit und Freimütigkeit gemacht, und so lausche ich mit aufgesperrten Augen und Ohren den Gesprächen der Freundinnen und lerne und lerne nicht aus …)

Mara ist seit ein paar Jahren verheiratet. Seither fühlt sie sich verstärkt dazu befähigt, in Liebesdingen Ratschläge zu erteilen und als Floras »Gewissen« aufzutreten – *mir* ist das sehr sympathisch, denn sie spricht nicht selten genau das aus, was ich denke. Wir spielen im selben Team – doch es würde mich nicht wundern, wenn Flora schlicht keine Lust gehabt hätte, sich die Vorfreude auf diesen besonderen Abend mit Felix von einer Gardinenpredigt im Stil von: »Pass auf dich auf … Verlass dich nicht zu sehr auf ihn … Du weißt ja gar nicht, ob er es ernst meint …«, trüben zu lassen.

»Er hat gesagt, ich soll mir nichts vornehmen«, sagte Flora und sah ihre Freundin an. »Er hat eine Überraschung.«

»Und da machst du so eine Staatsaffäre draus? Ehrlich. Und ich dachte schon, du sitzt hier mutterseelenallein vor dem Fernseher und weinst in dein Kissen!« Mara war entrüstet.

»Bis jetzt noch nicht«, sagte Flora.

»Eigentlich wollte ich dich ja einladen, zu uns rüberzukommen und mit uns Kässpätzle zu essen. Aber das ist ja wohl nicht nötig …«

Sie schwiegen ein friedliches Schweigen.

Mara nahm sich noch ein Plätzchen und eine Marzipankartoffel vom bunten Weihnachtsteller, indes bahnte sich in Aschenbrödels Leben der entscheidende Moment an. Für ein paar Minuten ließen sich Flora und Mara ganz von den Bildern gefangen nehmen, die sie beide seit ihrer Kindheit kannten, begrüßten die alten romantischen Verzückungen, die sicher Spuren in ihren Träumen und Wünschen und ihren Vorstellungen von Liebe hinterlassen hatten. Gleich würde der Prinz den gefundenen Schuh endlich an den passenden Fuß stecken. Bald würden die gemeinen Stiefschwestern und die missgünstige Stiefmutter sich schwarzärgern.

Es war rührend, wie die beiden plötzlich mit gespannter Freude zusahen, wie Aschenbrödel endlich Gerechtigkeit widerfuhr. Für fünf Minuten waren Felix und Weihnachten vergessen.

»Deine Vanillekipferl sind wirklich eine Sünde wert«, sagte Mara, als der Abspann lief, und klopfte sich auf den Bauch. »Wenn das mit der Schriftstellerei nichts wird, steht dir eine große Karriere als Konditorin offen.«

Flora lächelte. »Soll ich dir welche einpacken?«, fragte sie.

»Willst du mich unglücklich machen?«, rief Mara und kämpfte sich aus dem Sofa hoch. »Dieses Haus ist eine Lasterhöhle, ich muss schnellstens hier weg.«

Sie ging zur Tür. Dann lächelte sie uns noch einmal über die Schulter zu.

»Fröhliche Weihnachten«, flötete sie, zog sich die Kapuze über den Kopf und verschwand.

Flora schaltete den Fernseher aus und ließ mich allein. Stille kehrte ein. Ab und zu hörte ich betriebsames Klappern aus der Küche, doch darüber hinaus breitete sich genau die Art von Ruhe aus, die Weihnachtsnachmittage so unverwechselbar macht. Eine Ruhe, in der man sogar das Warten genießt.

Es schneite in die frühe Dämmerung hinein, dicke Flocken, die das Licht der Straßenlaternen sammelten und reflektierten und die Alltagswelt unter sich begruben. Auf dem Rücken des Weihnachtsmannes, der seit bald vier Wochen an der Fassade des Hauses gegenüber hinaufkletterte und doch noch keinen Meter vorangekommen war, hatte sich der Schnee gesammelt, und der Sack, den er trug, war sicher noch schwerer geworden. Ich gebe zu, dass ich diesem merkwürdigen Witz im ersten Moment tatsächlich auf den Leim gegangen bin und den dicken roten Mann einen winzigen Augenblick für einen Einbrecher hielt. Denn wer erwartet schon einen Nikolaus am Kletterseil? Soweit ich informiert bin, kommt Santa Claus auf einem Rentierschlitten durch den Himmel gesaust und steigt dann durch den Schornstein bei den Leuten ein. Wohingegen das Christkind klassischerweise durchs Fenster fliegt. Wie genau diese beiden Entwürfe von Geschenkeauslieferung zusammenpassen, ist mir allerdings nicht klar. Und ich kann mir gut vorstellen, dass diese Konkurrenz nicht nur bei mir für Verwirrung sorgt. Man weiß ja gar nicht, woran man glauben soll …

Tatsächlich wäre es deswegen fast zu einem Streit zwischen Felix und Flora gekommen (soweit ich beurteilen kann, die erste Meinungsverschiedenheit zwischen den beiden überhaupt).

»Der Weihnachtsmann ist eine Erfindung der Firma Coca-Cola«, behauptete Flora. »Eine rein kapitalistische

Figur – typisch amerikanisch. Wohingegen das Christkind traditionell und historisch überliefert ist.«

Felix, der in Amerika aufgewachsen ist, verteidigte eifrig den roten Mann.

»Natürlich ist Santa Claus auch historisch«, sagte er. »Viel historischer sogar als dein Christkind. Das ist nämlich eine deutsche Erfindung des neunzehnten Jahrhunderts. Typisch Bürgertum. Aber Bischof Nikolaus, den gab es wirklich. In Myra. Irgendwann im vierten Jahrhundert.«

»Und er machte Hohoho und erschreckte damit das Konzil?«, witzelte Flora.

»Ja, er machte Hohoho. Und er trug einen purpurnen Mantel und eine Bischofsmütze.«

»Ja«, sagte Flora. »Das ist der Nikolaus. Der kommt am 6. Dezember. An Weihnachten hat der längst dienstfrei!«

»Bei uns nicht«, sagte Felix streng. »Und wer nicht artig ist und dauernd widerspricht, der …«, er beugte sich mit drohend erhobener Hand über Flora.

»Der…?«, fragte sie und kicherte.

»Der …«, sagte Felix und sah ihr in die Augen, »… der wird sehr hart bestraft …«

Sie küssten sich. Ich hätte nichts dagegen, wenn jede Meinungsverschiedenheit so enden würde.

Im Wohnzimmer war es dunkel geworden. Fünf Uhr musste schon vorbei sein. Sicher wurde in den Häusern rundherum längst *Stille Nacht, heilige Nacht* gesungen, wurden überall Geschenke ausgepackt. Gerade als ich mich zu fragen begann, wo Felix blieb und was Flora eigentlich noch in der Küche zu tun hatte, ging das Licht über dem Esstisch an. Flora kam herein. Als würde sie eine Bühne betreten, blieb sie kurz stehen und zeigte sich einem imaginären Publikum, das doch zumindest aus meiner Wenigkeit bestand. Was soll ich sagen – ich war geblendet! Sie sah wunderschön aus. Wie aus einer anderen Zeit gefallen. Eine Lady. Sie trug das schwarze, am Rücken tief ausgeschnittene Kleid, das sie sich für eine Preisverleihung im letzten Jahr gekauft hatte, aber aus unerfindlichen Gründen sah sie jetzt noch tausendmal schöner aus als damals. Ich applaudierte mit aller Kraft.

Felix wird es die Sprache verschlagen!

Sie stellte Sektgläser auf den Tisch, schob sie erst ein bisschen weiter nach rechts, dann wieder nach links, deckte Stoffservietten und Besteck auf, entschied sich schließlich doch wieder dagegen und räumte bis auf die Gläser alles zurück in den Schrank. Sie sah sich um, dann entzündete sie die Kerzen auf der Fensterbank und auf dem Tisch und zuletzt die am Weihnachtsbaum.

Es roch nach verbranntem Schwefel.

Ich weiß, dass Flora Kerzen heimelig findet. Und dass sie Streichhölzer kauft, damit keine Seemänner sterben. Aber mich erinnert der Geruch abgebrannter Zündhölzer bis heute an ein schrecklich trauriges Märchen und die Kriegstage. An Nächte in vermeintlich sicheren Bunkern und Kellern. Wie gesagt, mir ist wenig erspart geblieben. Ich habe den Einmarsch deutscher Truppen einsam in einem Pariser Gemüse keller erlebt, bin im Gepäck eines deutschen Soldaten zum »Besatzungsbär« in Norwegen geworden und bin in englischem Bombenhagel über Köln in einem Luftschutzraum verschüttet worden. Es war eine dunkle, schwere Zeit. Manchmal glaube ich, dass ich die Menschen niemals weniger verstanden und sie nie mehr geliebt habe als in diesen verdammten Jahren. Aber ich denke nicht mehr so oft daran, denn es macht mich immer irgendwie traurig.

Seit die Leute fast ausschließlich Feuerzeuge benutzen, kommt die Erinnerung glücklicherweise immer seltener hoch. Doch wenn jemand in meiner Nähe ein Streichholz anzündet, ist sie sofort wieder da. Ich fühle kalte Hände, die sich angstvoll um mich krallen und mich fast zerquetschen vor Angst. Das Dröhnen und Wummern der Flak, wackelnde Wände, rieselnder Putz und laut hämmernde Herzen. Das Warten, das Bangen, das Hoffen.

In einem einzelnen Streichholz steckt so viel. Natürlich kann Flora das nicht wissen. Sie ist viel später geboren, in einer Zeit, als in Europa die Ordnung weitestgehend wiederhergestellt war. Gnade der Spätgeborenen, würde mancher sagen, der den Krieg erlebt hat. Aber ich weiß aus sicherer Quelle, dass Angst und Leid nie vergehen, sie kleiden sich nur in ein neues Gewand.

Glücklicherweise rissen mich die leisen Klänge von Musik aus meinen düsteren Gedanken. Flora stellte die Anlage gerade so laut ein, dass man die Musik wahrnehmen konnte, ohne hinhören zu müssen. Dann war alles getan. Es gab nichts mehr vorzubereiten. Sie setzte sich aufs Sofa und schaute ins Leere, während ihre Finger sich unablässig miteinander beschäftigten. Sie knibbelte an ihrer Nagelhaut und ließ die Gelenke knacken. Sie machte mich ganz nervös damit. Hin und wieder schaute sie auf ihr Telefon, doch niemand rief an und niemand schrieb eine Kurzmitteilung, und für eine halbe Stunde war das fröhliche Weihnachten einsamer als alle anderen Tage.

Endlich klingelte es.

Mit einem Seufzer stand Flora auf und durchschritt den Raum. Sie war eine Königin. Wirklich. Ich spitzte die Ohren, damit mir kein Wort von Felix' Sprachlosigkeit entgehen würde.

Der Öffner summte gerade, da hörte ich ein Klopfen. Wahrscheinlich hatte Frau Winter aus dem Erdgeschoss unten wieder offen gelassen und Felix stand bereits vor der Tür.

»Bitte entschuldigen Sie die Störung«, sagte eine Stimme. »Glückliche Weihnacht.«

Das war ganz sicher nicht Felix! Ich lauschte.

»Oh, danke!« Flora klang verwirrt.

»Entschuldigung, dürfte ich leihen ein Ei?«, fragte die Stimme.

»Natürlich«, sagte Flora, und ich hörte genau, dass sie noch immer durcheinander war, »kommen Sie doch rein, Herr Shankarani.«

Aha!

»Salim«, sagte er.

»Ja. Natürlich. Salim.«

Salim Shankarani ist unser Nachbar. Ein sanfter, stiller Mann aus Indien. Wir nehmen gelegentlich seine Post entgegen, duftende Pakete mit tausend Aufklebern, große Sendungen von Tees und Stoffen aus Mumbai und Neu-Delhi, die dann im Flur stehen und ein Stück weite Welt zu uns hereinbringen.

Während Flora mit einem »Moment, ich sehe mal nach« in die Küche weitereilte, blieb Salim direkt vor meiner Nase stehen und schaute staunend ihrem freien Rücken hinterher.

Ich war amüsiert. Es gibt nicht viele Menschen, denen es einfällt, an Heiligabend zur besten Bescherungszeit beim Nachbarn zu klingeln, um sich ein Ei auszuborgen. Salim sah sich rasch um, und ich glaube, als er die Kerzen bemerkte und die Musik hörte, wurde ihm ebenfalls klar, dass er sich nicht den besten

Moment ausgesucht hatte. Plötzlich wirkte er so steif und linkisch wie ein Kleiderständer. Immer wieder fuhr er sich mit der Hand durch sein schwarzes Haar und schniefte nervös.

»Wie viele Eier brauchen Sie?«, rief Flora aus der Küche.

Salim richtete sich auf, es fehlte nicht viel und er hätte vor Schreck salutiert.

»Eins«, rief er mit fragender Stimme. »Oder vielleicht besser zwei. Wenn es geht …«

Als sie um die Ecke kam, hielt Flora zwei leuchtend weiße Eier in die Höhe.

»So«, sagte sie lächelnd. »Jetzt ist Ostern und Weihnachten an einem Tag.«

Salim sah sie schüchtern an. »Wir feiern nicht Ostern und nicht Weihnachten. Darum kann es gut an einem Tag sein.«

»Richtig!«, rief Flora und errötete leicht. »Wie dumm von mir. Sind Sie Buddhist?«

»Hindu«, antwortete Salim.

Ich gebe zu, ich kenne mich mit den Feinheiten dieser Religionen nicht aus, aber dass man in Indien nicht Weihnachten feiert, wusste ja sogar ich.

Schade eigentlich.

Ja, ich weiß, es geht dabei um den Geburtstag Jesu, und die Hindus und Mohammedaner und Juden und Atheisten haben ausgerechnet damit nichts am Hut – aber Friede, Besinnlichkeit, Liebe und Mitmenschlichkeit – das sind doch Attribute, die für alle gelten, egal an welchen Gott sie glauben. Ich bin seit jeher Befürworter der Idee eines globalen Festes der Menschlichkeit, an dem alle auf der Welt gemeinsam feiern. Ehrlich, man kann sich fragen, warum außer mir noch niemand auf diese Idee gekommen ist …

»Ach«, sagte Flora.

Ach? Also wirklich! Mehr fällt dir nicht ein?

»Wie verbringen Sie denn so einen Abend, wenn drum herum alle feiern?«, fragte sie schließlich.

»Ich koche etwas, dann vielleicht ein bisschen im Fernseher gucken. Nichts Besonderes.«

Kommt mir irgendwie bekannt vor …

Es entstand eine Gesprächspause, die ein oder zwei Sekunden länger dauerte, als angenehm war.

»Sie bekommen Gäste? Sie sehen sehr schön aus«, sagte Salim und errötete.

»Ja«, antwortete Flora. »Später.«

Dann besann sie sich endlich auf ihre guten Manieren.

»Darf ich Ihnen ein Glas Wein anbieten?«, fragte sie und deutete auf die Flasche Rotwein, die auf dem Tisch stand. Salim sah sich noch einmal um und lächelte geniert.

»Danke. Nein. Sie bekommen Gäste. Ich muss kochen.«

Schade.

Ich hätte ihm ewig zuhören können. Er hatte eine so sanfte Art, zu sprechen und die Worte aneinanderzubinden, dass es klang, als wären sie ein warmer freundlicher Fluss. Sie trugen einen fort. Plötzlich, genau wie manchmal, wenn Louise zu Besuch ist und von ihren Reisen erzählt, wehte mich ein Anflug von Fernweh an. Sehnsucht nach anderen Ausblicken, Geräuschen und Gerüchen.

Ach, ich werde Indien wohl nie entdecken.

Aber ich hätte gern ein bisschen mehr darüber erfahren, noch einen Moment länger die Luft der Ferne geatmet. Denn auch wenn ich ein alter Bär bin, hat mich die Neugier nie verlassen.

Obwohl ich mich für durchaus bereist halte, weiß ich, dass ich nur einen winzigen Teil der Welt gesehen habe. Ich war zwar schon mal in Amerika – das kann Flora nicht von sich behaupten –, aber da draußen ist so vieles, das ich nicht kenne. So vieles, über das ich nichts weiß. Wahrscheinlich sähe ich manches mit ganz anderen Augen, wenn ich China oder Afrika oder eben Indien kennen würde.

Wenn ich in meinem Leben etwas gelernt habe, dann ist es wohl, dass man nie genug Erfahrungen gemacht hat. Dass man nie das Ende des Wissens erreicht und eine Sache nie aus allen möglichen Perspektiven betrachtet hat.

»Ein anderes Mal vielleicht?«, schlug Flora vor.

»Ein anderes Mal«, sagte Salim. »Ja.«

Vorsichtig nahm er die Eier entgegen, in jede Hand eins, und ging zwei Schritte rückwärts. Er stieß gegen die Kommode neben dem Durchgang zum Flur. Der Arme, Flora machte ihn ganz nervös.

»Warten Sie«, sagte sie. »Ich mache Ihnen die Tür auf.«

»Danke«, sagte Salim. »Danke schön.«

Unser Nachbar hinterließ einen leisen Geruch nach Kardamom und eine seltsame Leere. Es stimmte mich melancholisch, ihn gehen zu sehen. Es kam mir irgendwie falsch vor. Er würde in der Nachbarwohnung sitzen, nur durch eine dünne Wand von uns getrennt (manchmal konnten wir hören, wie er telefonierte – oder sprach er mit sich selbst?) und allein sein. Wahrscheinlich fühlte er sich an einem Tagen wie diesem besonders fremd.

Die Zeit verstrich mühsam.

Flora wusste nichts mit sich anzufangen. Normalerweise gehört sie nicht zu der Sorte, die sich langweilen, sie hat eigentlich immer irgendetwas zu tun. Doch jetzt war Warten ihre einzige Beschäftigung. Mit einem Seufzer ließ sie sich aufs Sofa fallen und kickte sich die Schuhe von den Füßen. Sie griff nach einem der großen, weichen Kissen und legte es sich auf den Schoß. Ihre Hände fielen so schlapp darauf, als wollten sie nie wieder etwas tun.

Die CD war zu Ende. Die Stille wurde wieder hörbar. Ticktack, ticktack, sang die Wanduhr.

Plötzlich überfielen mich Zweifel.
Was, wenn Felix gar nicht kam?
Ich mochte ihn, ehrlich. Seine graugrünen Augen verbargen nichts Dunkles, nichts Abgründiges. Die Art, wie er Flora glücklich machte, schien mir eigentlich zu der »richtigen« Sorte Liebe zu gehören. Er brachte sie zum Lachen, aber er lachte sie nie aus, und wenn er sie zum Weinen brachte, dann bisher nur vor Rührung. Außerdem schaffte er es, ihr genau dann die Welt zu Füßen zu legen, wenn sie am wenigsten damit rechnete. Und er mochte mich. Das ist natürlich auch nicht ganz unwesentlich.

Als Flora ihn zwei oder drei Monate kannte, hatte sie ihm das Buch gezeigt, das sie über mich geschrieben hat.

»Eine Biographie«, sagte sie.

»Über wen?«

»Henry N. Brown.«

»Wer ist das?«, fragte er. »Ein Schriftsteller?« Er klang verlegen. In puncto Literatur hatte er verglichen mit Flora gewisse Defizite.

Sie kam zum Regal, hob mich herunter und streckte mich Felix entgegen.

»Darf ich vorstellen: Henry Nearly Brown.«

Er musste lachen. Ich schämte mich. Konnte sie das dumme »Nearly« nicht weglassen?

Henry N. Brown hätte wohl auch genügt. Ich dachte, darauf hätten wir uns geeinigt.

»Ja. Nearly Brown. Das trifft's. Der ist ja bestenfalls ocker«, sagte Felix, umfasste mich und hielt mich ins Licht.

Es ist unglaublich.

Offenbar soll mich diese Diskussion über die Farbe meines Fells mein Leben lang begleiten. Dieses beleidigende Attribut mitten in meinem Namen habe ich einer Freundin von Alice zu verdanken, die am Tag meiner Entstehung darauf bestand, ich sei nur »fast« braun. Ich habe Jahre gebraucht, um mich mit dieser Einschränkung abzufinden. Und jetzt fing Felix auch noch damit an! Ich war auf dem besten Wege, meine gute Meinung über ihn zu revidieren.

»Alles wahr«, sagte Flora und klopfte auf den festen Buchdeckel. »Jedes Wort.«

»Woher willst du das wissen?«, fragte Felix und sah mich zweifelnd an.

Banause! Ich hab's ihr erzählt!

»Ich bin doch seine Biographin. Außerdem war ich dabei«, sagte sie, und dann erzählte sie ihm die Geschichte vom Flughafen. Allein beim Zuhören bekam ich wieder eine Gänsehaut.

» … und dann haben sie ihn aufgeschnitten«, sagte sie. »Einfach so. Bauch auf.«

»Echt?«, sagte Felix und betrachtete mich genauer. »Sieht man gar nicht.«

»Doch«, sagte Flora und strich mit dem Zeigefinger über meine sensibelste Stelle. »Hier, an der Seitennaht.

Ich konnte gerade noch verhindern, dass sie ihn einfach grob obduziert haben.«

Mir wurde schwindelig.

»Auf dem Durchleuchterdings war ganz klar zu sehen, dass da was in ihm drin war. Die mussten ja reingucken.«

»Und was war drin?«, fragte er.

»Die Liebe«, sagte sie. Und das Wort hinterließ ein Echo.

Felix sah sie an. Ich spürte den Puls in seinen warmen Fingern und wusste, dass dies ein wichtiger Moment war.

»Und wie sah die aus?« Seine Stimme war leise.

»Das musst du schon selbst rausfinden«, antwortete Flora und lächelte.

Sie schwiegen eine Weile, während Felix mich nachdenklich in den Händen drehte.

»Ich glaube, ich weiß es schon«, sagte er und schaute dabei weder mir noch Flora in die Augen, sondern in eine unbestimmte Ferne, die vielleicht in der Zukunft oder in der Vergangenheit lag.

Mit dem Daumen rieb er mir imaginären Schlaf aus den Augen, dann sagte er: »Hast bestimmt viel mitgemacht, alter Freund.«

Mit dieser weisen Erkenntnis hatte er sich in meinen Augen vollständig rehabilitiert.

Das sprach alles für ihn.

Einer, der so dachte und fühlte, blieb an Heiligabend nicht einfach weg. Ich weigerte mich, das zu glauben.

Das einzige Problem war, dass Felix die Zeit nicht so richtig im Griff hatte. Oder besser gesagt, er schaffte es nicht, sie richtig zu verteilen. Von den vierundzwanzig Stunden am Tag fraß seine Arbeit mindestens zehn, meistens vierzehn einfach so auf. Der Rest musste reichen für Essen, Schlafen, Träumen. Für Fliegen und Bahnfahren. Für seine alte Mutter und seine junge Liebe. Das war nicht einfach.

Manchmal saß er mit seinem Terminkalender, ohne den er nach eigener Auskunft völlig verloren war, am Frühstückstisch und suchte darin verzweifelt nach Zeit. Das fand ich sehr befremdlich.

Ich kann mich nicht erinnern, dass jemals so viel über Zeit gesprochen wurde wie heute. Zeit sparen. Zeit nehmen. Zeit haben. Oder besser gesagt, keine Zeit haben. Zeitmanagement. Bücher werden darüber geschrieben, aber auch die dürfen nicht zu dick sein, nicht zu viel Zeit in Anspruch nehmen. Die Leute sprechen so viel über den Wunsch, mehr Zeit zu haben, aber am Ende muss es dann doch wieder alles ganz schnell gehen.

Aber Flora beschwerte sich nicht. Dabei ist sie im Gegensatz zu Felix ein Mensch mit *viel* Zeit (ein weiterer Grund, warum ich mich bei ihr so zu Hause fühle). Das liegt in der Natur der Sache. Schreiben dauert eben.

»Die Phantasie lässt sich nicht hetzen«, hat sie neulich zu ihrem Verleger gesagt, als er sich nervös nach Fristen und Zeitplänen erkundigte. »Da kann ich nix machen.«

Normalerweise ist die Zeit auf ihrer Seite. Sie bemüht sich, pünktlich zu sein, was mal mehr, mal weniger gelingt, und meistens hat sie Verständnis, wenn andere zu spät kommen. Aber wenn sie gar nicht auftauchen? Das kann selbst Flora nicht leiden.

Was, wenn Felix nun die Zeit vergessen hatte? Wenn sein Terminkalender ihm verschwieg, dass er ein Versprechen einzulösen hatte? Wenn sich ein Stapel Akten über den Zettel geschoben hatten, auf dem stand: »24.12. Weihnachten. Nicht vergessen: Überraschung für Flora!«

Ich wollte nicht an ihm zweifeln. Ich wollte nicht, dass seine Überraschung ein hohles Manöver war. Ich wollte nicht, dass er Flora enttäuschte. Und mich.

Er würde kommen. Er *musste* kommen.

Flora gab sich einen Ruck, stand auf und öffnete die Weinflasche.

»Fang ich eben schon mal alleine an«, murmelte sie und goss sich ein Glas Rotwein ein. Sie griff nach der Fernbedienung, und die CD begann von vorn.

Als es einen viertel Liter, acht vergebliche Handy-Überprüfungen und zwei wütende Schläge aufs Kissen später an der Tür klingelte, hoffte ich nur noch, dass Felix' Überraschung so gelungen war, dass sie die Wolken, die am Weihnachtshimmel aufgezogen waren, im Handumdrehen vertrieb.

Mit einem leichten Schwanken stieg Flora auf ihre hohen Absätze, fuhr sich durchs Haar und holte tief Luft.

Ich hörte, dass sie diesmal die Wohnungstür aufmachte, bevor sie den Summer drückte. Vielleicht dachte sie ja, Salim bräuchte noch Butter, wer weiß. Aber draußen stand wohl niemand, und bald waren auf der Treppe Schritte zu hören. Ich atmete erleichtert auf.

Papa!«, rief Flora entsetzt. »Was machst *du* denn hier?«

Martin?

Floras Vater wankte herein, groß, mit leicht gebeugtem Rücken und dennoch stattlich. Er war über und über mit Schnee bedeckt. Als er seinen Hut absetzte und ausschüttelte, stoben hundert kleine Flocken durch die Luft.

»Maria will mich nicht«, klagte er. »Sie will nicht mit mir Weihnachten feiern.«

Ich konnte mich des Eindrucks nicht erwehren, dass er ein wenig angetrunken war. Sein Blick wanderte unstet durch den Raum, und seine Bewegungen wirkten leicht verzögert.

»Sie feiert seit Jahren mit ihren Kindern«, sagte Flora. »Das ist doch nichts Neues. Wieso bist du nicht bei Kurt, wie geplant?«

»Der ist krank«, verkündete Martin. »Und mir geht es auch sehr schlecht.«

Vielleicht ist es an der Zeit, ein paar Worte über Floras Eltern zu verlieren. Nach dreißig Jahren Ehe und beinahe ebenso vielen Jahren Streit haben Claudine und Martin sich vor ein paar Jahren scheiden lassen. Als es so weit war, hatte ich jedenfalls schon zwei oder drei Sommer-Weihnachten hinter mir, die, da muss ich Louise zustimmen, absolut grauenvoll waren. Nicht, dass es große Eklats gegeben hätte, nein, ganz im Gegenteil, das wirklich Schreckliche daran war der ungeheure Aufwand, den alle Beteiligten betrieben, um Eklats wenigstens an Heiligabend zu vermeiden. Louise versteckte sich in ihrer Stewardessenuniform und klinkte sich aus, und Flora musste das diplomatische Zepter allein schwingen. In den drei Stunden, die ihre Eltern am Weihnachtsabend bei ihr zu Besuch waren (das war sicherer, fand Flora, da rissen sie sich eher zusammen), sorgte sie dafür, dass nichts aus dem Ruder lief. Das verlangte hin und wieder ein entschiedenes Eingreifen mit den Worten: »Maman, wir wollten es doch schön haben« oder »Ach, Pap, bitte nicht heute«. Und weil ihnen die Gesprächsthemen fehlten, wenn sie nicht streiten durften, saßen sie mit leerem Lächeln zusammen und tauschten höfliche Phrasen und unverfängliche Geschenke aus. Wenn sie dann Loriots *Weihnachten bei Hoppenstedts* angeschaut hatten und die Tür nach einem letzten Absacker hinter Martin und Claudine zufiel, war Flora jedes Mal so fertig, dass sie erst einen Heulkrampf, dann eine Migräneattacke bekam.

»Dass du noch Lust auf Weihnachten hast, wundert mich kolossal«, hatte Mara vor ein paar Jahren einmal angemerkt, als Flora wie immer ihre vorweihnachtlichen Rituale begann. »Erst machst du dir so eine Mühe, die niemand würdigt, und hinterher bist du völlig fertig.«

»Ich tue es für mich«, erklärte Flora. »Das ist mein Geschenk an mich selbst. Warum sollte ich auch noch darauf verzichten, wo doch schon meine Familie den Bach runtergegangen ist?«

Seit der Scheidung ist alles besser geworden. Ja, anders kann man es leider nicht sagen.

Claudine (sie ist gebürtige Französin) ist inzwischen mit einem italienischen Handschuhfabrikanten verheiratet, der einen Kopf kleiner ist als sie und nur Deutsch spricht, wenn es ihm passt. Seit sie Luigi zum Stiefvater hat, ist Floras Arsenal an feinen Lederhandschuhen in allen Farben deutlich gewachsen, denn zu jedem Geburtstag und zu Weihnachten überreicht ihr Claudine eine weitere schmale Schachtel. In den Kartons bewahrt Flora inzwischen ihre Fotos auf, und die Handschuhe haben eine eigene Schublade in der Flurkommode.

Ich gebe zu, dass ich Luigi lieber mag als Claudine. Und auch lieber als Martin. Vielleicht, weil er klein und rund und gemütlich ist. Oder weil ich einfach immer noch eine Schwäche für die Italiener habe, für ihre lebensfrohe Art und ihren ungebrochenen Glauben an *l'amore*. Vielleicht macht ihn aber auch seine geschäftige Art so sympathisch. Für Luigi gilt: *»Non c'è problema.«* In Claudines Gesicht, das früher so wolkenverhangen wie die norddeutsche Tiefebene war, scheint jetzt häufiger die sizilianische Sonne. Das macht ihre bisweilen äußerst bestimmende Art viel erträglicher.

Martin hat nicht wieder geheiratet. Aber er hat eine Partnerin gefunden, die ihn nicht herumkommandiert und darauf besteht, getrennte Wohnungen zu behalten, was Martins Hang zur Eigenbrötelei prinzipiell entgegenkommt. Maria lässt ihm seine meterhohen Zeitungsstapel, die, so weiß die Familienlegende, immer ein heißer Streitpunkt, und nachdem sie einmal beinahe zu einem Wohnzimmerbrand geführt hatten, schließlich auch Scheidungsgrund waren. Maria sagt nur: »Ist dein Wohnzimmer, also auch deine Sache.« Und geht, wenn es ihr zu unordentlich wird. Ihre Kinder sind im selben Alter wie Flora und Louise.

Solche Konstellationen wie unsere nennt man »Patchworkfamilie«, sagt Flora. Wie diese Decken, die man damals aus alten Stoffresten anfertigte, ich weiß nicht mehr, wo ich das gesehen habe, vielleicht in Frankreich. Verschiedene Muster bunt aneinander genäht – nichts anderes sind wir.

Im ersten Jahr nach der Trennung trieb diese neue Art der Familie seltsame Blüten. Es kam zu einem denkwürdigen Weihnachtsbrunch bei Flora. Ich weiß nicht, wer für die Idee verantwortlich war, alle neuen und alten Familienmitglieder (außer Louise, die war sicherheitshalber auf Mauritius) zu einem Schaulaufen einzuladen, aber Maria und ihre beiden Kinder, Luigi, sein Stiefsohn aus erster Ehe und Flora saßen zwischen

Martin und Claudine, die sich benahmen wie ein aufgeblasener Gockel und eine bissige Weihnachtsgans.

Ich saß mit gesträubtem Fell im Regal und litt.

»Diese Weihnachtsbaumverkäufer auf den Supermarktparkplätzen sind doch Halsabschneider«, tönte Martin, als Maria erzählte, sie habe ein kleines, günstiges Bäumchen für zu Hause gekauft. »Nächstes Jahr hole ich dir einen aus dem Wald. Ich habe unseren Baum immer selbst geschlagen!«

Maria sah ihn skeptisch an.

»Ja, sogar bei meiner Mutter im Garten«, schoss Claudine dazwischen.

»Du hast doch selbst gesagt, dass ich ihn dort holen soll«, entgegnete Martin, der offenbar sofort wusste, worauf sie anspielte.

Flora wand sich unbehaglich. Luigis Stiefsohn starrte ein Loch in die Tischplatte. Maria stand auf und räumte den Tisch ab, während sich ihre Kinder Blicke zuwarfen. Luigi stopfte seine Pfeife.

»Aber ich habe nicht gesagt, dass du den Lieblingsbaum meiner Mutter fällen sollst. Das hast du ganz alleine hingekriegt.«

»Ich weiß gar nicht, was du willst. Ich habe ihn doch auch wieder hingestellt!«

»Hingestellt? Dass ich nicht lache!« Claudine sah von einem zum anderen. »Geschient hat er ihn. Mit zwei Eisenstangen. Wie ein gebrochenes Bein! Der Baum war hin!«

»Sah aus wie neu«, sagte Martin. »Erst mal.«

»Meine Mutter war untröstlich. Das weißt du genau. Aber du hast dich ja nie um die Gefühle von anderen Leuten gekümmert!«

Die Stille, als die Gäste wieder gegangen waren, war das freundlichste Geräusch an diesem Tag.

»Mal ehrlich«, sagte Louise, als Flora sich später am Telefon bei ihr über die Eltern ausheulte, »dieser Brunch war doch von Anfang an eine Schnapsidee. Schließlich haben sie sich doch scheiden lassen, um endlich *nicht* mehr zusammen Weihnachten feiern zu müssen!«

»Und was ist mit uns?«, fragte Flora aufmüpfig.

»Mit uns?«, fragte Louise. »Was soll mit uns sein? Wir müssen selbst für uns sorgen.«

Es war das letzte Mal, dass sie an Weihnachten zusammenkamen. Verständlicherweise verspürte niemand den Wunsch, dieses Szenario zu wiederholen. Und so bürgerte es sich nach einer etwas holprigen Übergangszeit ein, dass zu Heiligabend jeder sein eigenes Süppchen kocht.

Claudine reiste mit Luigi zu seiner Familie nach Sizilien, »zur Mafia«, wie sie stets fröhlich verkündete, »wie immer!«. Martin schob an Heiligabend mit seinem verwitweten Freund Kurt einen großen Rinderbraten in den Ofen, während Maria ihre Kinder besuchte. Louise war irgendwo in der Luft unterwegs, und Flora half bei der Obdachlosenspeisung oder im

Altenheim aus und ging anschließend mit ein paar Freunden gemütlich einen Glühwein trinken.

Nur in diesem Jahr schien – warum auch immer – etwas durcheinandergeraten zu sein. Besorgt beobachtete ich, wie Martin es sich in Floras Lesesessel gemütlich machte, ohne seinen nassen Mantel auszuziehen.

Wollte er etwa hierbleiben?

»Papa«, begann Flora, »sitzt Kurt jetzt alleine zu Hause?«

»Er ist krank. Hat Fieber.«

»Ja, aber irgendwer muss sich doch um ihn kümmern.«

»Und wer kümmert sich um mich? Maria wollte nicht mit mir Weihnachten feiern«, sagte Martin resigniert, »kannst du dir das vorstellen? Was für eine Beziehung ist das denn?«

»Das musst du dich schon selbst fragen«, antwortete Flora.

»War es nicht schön, wie wir früher gefeiert haben? Weißt du noch, wie wir beide an Heiligabend immer in den Wald gegangen sind, um einen Baum zu schlagen? Wir haben den Tieren Äpfel und Möhren hingelegt, damit sie es auch schön haben. Und jetzt? Was ist bloß aus uns geworden …«

Er griff nach Floras Weinglas und leerte es in einem Zug.

»Papa …«

»Und Louise hat dir immer die Marzipankartoffeln vom Weihnachtsteller geklaut, während du die Weihnachtsgeschichte vorgelesen hast … ihr wart so … selbst wenn ihr Blockflöte gespielt habt, wart ihr irgendwie …« Martin versank in Gedanken.

Sein Gesicht war ganz grau. Er wirkte einsam. Ich bekam ein bisschen Mitleid mit ihm.

»Ich habe immer gedacht, mein Leben würde ganz anders werden«, murmelte er. »Jetzt ist alles so zerstückelt …«

Ja, auch wenn Patchwork hübsch aussieht, die Decke ist eben genäht und nicht in einem Stück gewebt, dachte ich.

Flora blieb einen Augenblick stehen und sah ihn an. Nachdenklich, prüfend, als könnte sie sich nicht entscheiden, ob sie wütend oder traurig sein sollte.

Martin passte einfach überhaupt nicht in ihren Plan!

»Ich muss mal eben telefonieren«, sagte sie und verschwand in der Küche.

»Ja, ja«, sagte Martin abwesend und schenkte sich Rotwein nach. »Geh du nur.«

»Mist, Mist, Mist«, hörte ich Flora leise von nebenan schimpfen. »Mensch, Felix, geh doch endlich dran!«

Dem deutlichen Stampfen nach zu urteilen, ging Felix jedoch nicht ans Telefon. Auch wenn ich sie nicht sah, wusste ich genau, wie Flora jetzt vor der Anrichte stand, ihre Finger nervös auf der Arbeitsplatte trommelten und sie ungeduldig von einem Fuß auf den anderen trat. Ich kenne jede ihrer Bewegungen, ihrer Regungen und Gesten. Ihre tausend unterschiedlichen Gesichter, jede Variante vom glücklichen bis zum traurigen Lächeln. Nach zwölf Jahren darf ich das wohl behaupten. Ihr Herz ist meins. Und es klopfte schnell, das spürte ich auch durch die Wand. Ein in Selbstmitleid versinkender Vater war das Letzte, was sie sich an diesem Abend wünschte.

Sekunden vergingen.

Martin schwenkte das Glas und sinnierte murmelnd. Ich sah, wie seine Augenlider schwer wurden, wie sein Kopf langsam auf die Brust sank, und ich wünschte mir eine Stimme, eine laute, durchdringende Stimme, um ihn aufzuwecken. Ich wünschte mir nur einen Muskel, um mich aus dem Regal fallen lassen zu können.

He! Du darfst jetzt hier nicht einschlafen! Das kannst du Flora einfach nicht antun!

Doch Martin verschwand immer tiefer im Sessel.

»Ah, Louise, ein Glück, du bist noch da!«, hörte ich dann Floras Stimme. Sie klang, als sei ihr ein Kilo Sorge von der Seele gerutscht. »Wie, du fliegst gar nicht? Wegen dem bisschen Schnee?«

Sie hörte kurz zu, dann sagte sie mit entschlossener Stimme: »Lise, du musst mir helfen.«

Meistens, ich betone, meistens, scheint es ein Segen zu sein, einen Bruder oder eine Schwester zu haben. Für einen Bären ist es natürlich einfacher und oft auch schöner bei einem Einzelkind (wie wunderbar habe ich mit Robert in den Gassen von Paris gespielt, bevor der Krieg zu uns kam! Nur er und ich und unsere Phantasiespiele mit Prinzessin Zazie …) – man ist der einzige Spielgefährte und selten Streitobjekt. Aber für Menschen sind Geschwister ein Gegenpol, wie er außerhalb der Familie nur selten zu finden ist. Ich glaube, es liegt an der eigentümlichen Mischung aus Selbstverständlichkeit und Verpflichtung, aus natürlicher Verbundenheit und gewählter Freundschaft, die einen Bruder oder eine Schwester so besonders machen. Obwohl ich das mit den Jahren verschiedentlich beobachtet habe, ist es mir doch erst so richtig bewusst geworden, seit ich bei Flora bin. Sie und Louise gehören zusammen. Auch wenn sie oft unterschiedlicher Meinung sind, ist die andere immer eine Rückversicherung, ein Korrektiv. Fallschirm und Rettungsring. Es bedarf nicht vieler Worte, keiner Erklärung. Im Zweifelsfall springt die andere ein. So einfach ist das.

Nachdem Flora den Notruf an Louise abgesetzt hatte, war ihr Gesicht deutlich entspannter, als sie zurück ins Wohnzimmer kam, wo ich über den inzwischen leise schnarchenden Martin wachte. Der Alkohol hatte seine Wirkung getan und ihn vom melancholischen Grübeln in einen tiefen Schlaf befördert.

Resigniert betrachtete Flora erst ihren Vater, der leicht schief in den Kissen hing, und dann die Pfütze, die sich um seine Schuhe gebildet hatte.

Ich konnte nichts tun, ehrlich! Ich hab's versucht!

»Ach, Pap«, sagte sie leise und trank den Wein aus, den er sich eingegossen hatte. »Hoffentlich kommt Felix nicht ausgerechnet jetzt.«

Flora ist nicht gerade die Flexibelste. Sie plant gerne und ausführlich, egal ob es dabei um Reisen oder Einkäufe geht. Überraschungen jedweder Art sind daher eigentlich gar nicht so sehr ihr Fall.

Natürlich liebt sie unerwartete Geschenke und einen Blumenstrauß am Mittwoch, aber schon Kinokarten für einen Film, über den sie nichts weiß, können sie in Not bringen, von einer Überraschungsparty ganz zu schweigen.

Zu Floras dreißigstem Geburtstag hatte Mara den Fehler begangen, Floras Wohnung mit Luftschlangen und Leuten vollzustopfen. Ich glaube, niemand, der an diesem Abend dabei war, wird je dieses entgeisterte Gesicht vergessen, das Flora machte, als sie nichtsahnend ihr Wohnzimmer betrat und hinter dem Sofa die Gäste hervorsprangen und aus vollem Hals »Überraschung« riefen.

»Mara«, sagte sie, als ihre Freundin sie umarmte und strahlend gratulierte. »Was machen wir denn jetzt? Wir haben doch Karten fürs Theater.«

»Das war doch nur ein Ablenkungsmanöver, du Huhn«, sagte Mara. »Damit du dir nichts anderes vornimmst.«

»Aber ich habe mich so darauf gefreut«, sagte Flora. »Ich wollte doch so gerne ins Theater …«

Was soll ich sagen? Ich konnte verstehen, dass Mara danach erst mal zwei Tage Auszeit von Flora brauchte.

Immerhin hatte Felix seine Weihnachtsüberraschung angekündigt, sodass Flora sich innerlich darauf vorbereiten konnte. Aber dass Martin jetzt noch unangemeldet hier bei uns hereingeplatzt war … Das war ihr zu viel.

Arme Flora. Sie sah aus, als wäre sie am liebsten ins Bett gegangen. Decke über den Kopf und auf morgen warten. Den Kummer im Tageslicht sortieren. Sie rieb sich das Gesicht.

Ich muss wohl kaum betonen, dass ihr Blick nicht gerade fröhlich war, als es zum vierten Mal an diesem Nachmittag an der Tür klingelte.

Oh nein! Felix!

Martin schnarchte laut auf und sein Kopf fiel in die andere Richtung.

»Louise«, rief Flora und dann: »Dem Himmel sei Dank.«

Es schneit so schrecklich«, schepperte eine Männerstimme durch die Sprechanlage. Man konnte unmöglich erkennen, ob das Felix war.

»Wer ist denn da?«, fragte Flora.

»Und es ist fürchterlich kalt«, fuhr die Stimme fort. »Und dunkel.«

»Hallo?«, rief Flora. »Brauchen Sie Hilfe?«

»Mir kann niemand helfen.«

»Zu wem wollen Sie denn?«

»Na, zu Ihnen. Mir ist so nach Sommer.«

Sein Lachen drang zu uns herauf. Es klang falsch und gemein und irgendwie irre.

»Sie halten sich wohl für besonders komisch«, rief Flora aufgebracht. »Blödmann!«

Das Gelächter wurde leiser. Offenbar war der Fremde weitergegangen.

»Ich verstehe das nicht«, murmelte Flora. »Womit habe ich das eigentlich verdient?«

Jetzt hätte ich sie wirklich gerne getröstet und ihr gesagt, dass sie nichts falsch gemacht hatte, dass es keine Strafe war, keine Prüfung, sondern einfach nur das Leben in einer weniger schillernden Facette. Aber dazu blieb keine Zeit. Sie war noch nicht wieder im Wohnzimmer, da läutete Big Ben zum fünften Mal an diesem Weihnachtsabend.

»Hauen Sie ab!« rief Flora wütend in die Gegensprechanlage. »Lassen Sie mich in Ruhe.«

»Hallo?«, fragte da eine Frauenstimme. »Flora?!«

Und man kann der armen Flora nicht verdenken, dass sie in diesem Moment des Ärgers und der Aufregung tatsächlich meinte, es wäre Louise.

Ich glaube, ich begriff sogar noch vor ihr, was der Lärm im Treppenhaus zu bedeuten hatte. Wahrscheinlich hielt sie zu dem Zeitpunkt noch immer an der

Vorstellung fest, dass dieser Abend noch auf die richtige Spur kommen konnte, wenn nur Louise ihren Vater abholte und mit ihm verschwand. Vielleicht dachte sie, die Wasserflecken auf dem Teppich würden in einer Viertelstunde das Einzige sein, was noch daran erinnerte, dass Heiligabend kurz davor gewesen war, im Chaos zu versinken. Sie hatte ja keine Ahnung!

Als Erstes hörte ich, dass es mehr als ein Paar Füße waren, die sich die Treppe hinaufbewegten. Da kamen mindestens zwei Personen. Ihre Schritte waren langsam und schwer, es rumpelte und polterte, als würde jemand eine große Last tragen. War dieser fremde Mann zurück? Hatte er sich Verstärkung geholt? Am Ende wurden wir überfallen! Dann war da eine Stimme, atemlos und drängend, die kurz davor war, ins Schrille zu kippen, begleitet von kurzatmigem Schnaufen. Da wusste ich Bescheid. Kurz fragte ich mich, ob ein Überfall nicht die bessere Alternative gewesen wäre. Unverkennbar war eine Katastrophe im Anmarsch. Hatte Flora das immer noch nicht verstanden?!

Mir sank das Herz. Konnte dieser Abend noch schlimmer werden? Ich musste kurz an die fehlgeschlagene Maya-Prophezeiung denken. Wer sagte eigentlich, dass die Welt ertrank, erlosch, verglühte oder explodierte? Vielleicht ging sie ganz anders unter. Vielleicht passierte es gerade jetzt.

Die Schritte kamen immer näher.

Und dann schaltete Flora endlich, sie erwachte aus ihrer Erstarrung und drückte reflexartig die Tür zu.

»Oh Gott«, stieß sie aus. »Was mache ich denn jetzt?«

Gute Frage. Erst mal tief Luft holen.

Sie tat, was ich ihr geraten hatte. Ihre Augen waren wie zwei blanke Fenster mit Ausblick in die Abgründe tiefer Verzweiflung. Sie fiel auf einen Stuhl am Esstisch und schüttelte still den Kopf. Dann folgte der erste Angriff auf unsere Tür.

»Flora, mach auf, wir sind völlig fertig! Lass uns rein! Wir haben sechs Stunden am Flughafen gesessen, um in diesen verdammten Flieger nach Sizilien zu kommen.«

Es war unverkennbar. Niemand sonst sagte Flora mit Betonung auf dem A.

Claudine hielt die Klingel gedrückt und Big Ben bimmelte, als hätte er sich verschluckt, begleitet von Martins gleichmäßigem Schnarchen.

»Die Idioten haben wegen des Schnees alle Flüge gestrichen. Wir haben das allerletzte Taxi der Stadt bekommen, und der Fahrer hat sich strikt geweigert, jetzt noch die fünfzig Kilometer bis raus zu uns zu fahren. Flora, was ist denn los? Wieso machst du nicht auf?«

Flora saß wie versteinert am Tisch.

Irgendwann griff sie nach ihrem Telefon. Das Freizeichen war im ganzen Raum zu hören. Hämisch klang es wieder und wieder und wieder durch den Hörer, und mit jedem Ton sank mein Glaube an Felix. Er hob nicht ab.

Sie legte auf und wählte erneut.

»Lise?«, flüsterte sie eindringlich, als sich am anderen Ende eine Stimme meldete. »Wo bleibst du denn? Du musst dich beeilen. Jetzt ist auch noch Mama gekommen. Ich weiß mir bald nicht mehr zu helfen ...«

»Das ist doch alles nicht wahr«, flüsterte Flora, nachdem sie aufgelegt hat. »Das ist ein Traum. Ein schlechter Traum ...«

Jetzt hämmerte es gegen die Tür.

»Flora, du machst deiner Mutter jetzt sofort die Tür auf!« Unendlich langsam sah Flora auf, schaute zu Martin hinüber, der keine Anstalten machte, aufzuwachen, dann sah sie zum Fenster und hob die Hände an den Kopf. Sie schloss die Augen, hielt sich die Ohren zu und verabschiedete sich mit gesenktem Kopf einfach aus dieser absurden Szenerie.

Still rannen ihr die Tränen über die Wangen, spülten die schwarze Farbe von ihren Wimpern und zogen blasse Spuren der Verwüstung durch ihr Make-up. Ihre Nase wurde rot, und das einzige Geräusch, das sie von sich gab, war ein regelmäßiges Schniefen.

Ich weiß nicht, wie lange wir so dasaßen. Wie oft ich Claudines Klopfen und Rufen noch ertrug. Wie oft ich dachte, dass ich zum ersten Mal froh war, nicht sprechen zu können, denn mir hätten in diesem Moment auch die Worte gefehlt.

Irgendwann war es vorbei.

Im Hausflur herrschte schon eine Weile Stille, als Flora vorsichtig den Kopf hob und prüfend die Hände von den Ohren nahm.

Sie seufzte tief.

Sie hatten fünf riesige Koffer dagelassen. Unter Ächzen und Schniefen schaffte Flora einen nach dem anderen in die Wohnung, und nun war endgültig jedes Gefühl von anheimelnder Festlichkeit verflogen. Mit dem schlafenden Martin in Mantel und Schal und dem ganzen Gepäck glich unser Wohnzimmer eher der Bahnhofsmission als einem Weihnachtszimmer.

Ich fragte mich, wohin Claudine und Luigi verschwunden waren. Ein bisschen unwohl war mir schon bei dem Gedanken, dass Flora ihre Mutter einfach so vor der Tür hatte stehen lassen. Aber ich konnte es auch verstehen. Besondere Umstände erfordern besondere Maßnahmen.

Im Sessel regte sich etwas. Martin schmatzte einmal, dann runzelte er die Stirn und zog die Nase kraus, bevor er zögernd die Augen öffnete. Er rieb sich mit einer Hand über das Gesicht und gähnte herzhaft. Sein Blick wanderte durchs Wohnzimmer, fast als wüsste er nicht mehr, dass er ungebeten bei seiner Tochter reingeplatzt war. Verwundert bemerkte er die Koffer. Dann sah er Flora an und fragte unschuldig:

»Willst du verreisen?«

Ach, Martin.

»Am liebsten ja«, sagte Flora ernst, und ich sah ihr an, dass sie nicht fassen konnte, wie unbedarft ihr Vater hier saß und angesichts ihres ramponierten Anblicks nichts anderes zu fragen wusste als »Willst du verreisen?«.

Eltern und Kinder haben es wirklich nicht leicht miteinander. In keiner anderen Beziehung sind die Erwartungen höher und die Enttäuschungen größer. Und das Erstaunlichste ist: Es bleibt ein Leben lang so. Egal wie alt sie werden.

Martin schien die deutlich sichtbaren Spuren der Verzweiflung auf Floras Gesicht jedenfalls nicht wahrzunehmen. Im Gegenteil. Das kleine Nickerchen hatte seine Laune offenbar erheblich gebessert – möglicherweise ist ja was dran an dem alten Sprichwort, dass man erst mal drüber schlafen soll –, jedenfalls klatschte er unternehmungslustig in die Hände und sagte: »Komm, jetzt trinken wir erst mal was. Und überhaupt, hast du nichts zu essen für deinen alten Vater?«

Flora schaute auf die Uhr. Es war viertel nach acht.

»Doch«, sagte sie und verschwand in der Küche.

Sie kam mit einem Tablett zurück, auf dem lauter kleine Leckereien angerichtet waren: Datteln im Speckmantel schmiegten sich an kleine Blätterteigpastetchen, Käsewürfel, Melone und Oliven waren kunstvoll um gefüllte Weinblätter, feinen Schinken und saftige Salami drapiert.

Das Werk des Nachmittags, das Ergebnis des friedlichen Geklappers, die Vorbereitungen für den Abend mit Felix. Man sah, wie viel Mühe sie sich gegeben hatte, alles anzurichten, auf der silbernen Platte lag eine Liebeserklärung.

»Das sieht aber verlockend aus«, sagte Martin. »Für wen war das denn gedacht?«

Tollpatsch!

Er wartete Floras Antwort gar nicht erst ab, bevor er sich den ersten Happen in den Mund schob.

»Für niemanden«, sagte Flora still und sah zu, wie eine Olive der Dattel folgte, dann noch eine und schließlich eine Blätterteigpastete.

Ich konnte kaum hinschauen. Weder zu Flora noch zu Martin. *Felix*, dachte ich nur. *Felix, das verzeihe ich dir nie.*

Martin aß mit dem Appetit eines ausgehungerten Wanderers.

»Die ist mit Lachs und Spinat«, sagte Flora.

»Na, dann«, schmatzte Martin, hielt inne und fragte: »Willst du nichts?«

Es wunderte mich überhaupt nicht, dass Flora plötzlich und ohne Vorwarnung die Fassung verlor. Vielmehr wunderte mich, dass es ihr so lange gelungen war, das Gesicht zu wahren. Ich konnte mir den Hurrikan, der in ihr tobte, lebhaft vorstellen.

»Sag mal, was bildest du dir eigentlich ein?«, fragte sie. Ihre Stimme klang bedrohlich leise. So hatte ich sie noch nie gehört. Nach einer kleinen Pause, in der Martin sie völlig überrascht ansah, steigerte sich die Lautstärke: »Du platzt einfach bei mir rein, ohne mich zu fragen, welche Pläne ich habe, wie es mir geht und wie ich eigentlich Weihnachten feiern will!«

»Aber, du hast doch gesagt, dass du nichts Besonderes …«

»Du hast ja nicht mal ein Geschenk mitgebracht!«, unterbrach sie ihn trotzig.

Und da Trotz ein enger Verwandter der Enttäuschung ist, dauerte es nicht mehr lange, bis sie wieder zu weinen begann.

Alle Tränen, die je in meinem Beisein vergossen worden sind, müssten zusammengenommen ein kleines Meer füllen können. Ich habe sie unterscheiden gelernt, wie ein Eskimo hundert Arten von Schnee erkennt. Wuttränen, Trotztränen, Tränen der Trauer, der Angst, der Hilflosigkeit und der Enttäuschung. Lachtränen, Verzweiflungstränen, Tränen der Erschöpfung und der Erleichterung, sogar Tränen der Lust. Tränen des Glücks, Tränen der Freude, Tränen der Ergriffenheit, der Rührung, gespielte Tränen, Tränen des Aufgebens und Tränen der Entschlossenheit. Die Reihe ist unendlich, denn eigentlich, glaube ich, gibt es für jeden Zustand der Seele die passenden Tränen. Eins haben sie aber alle gemeinsam – sie zeigen den Menschen in nackter Empfindung.

Viele Leute werden ganz hilflos und beklommen, wenn sie mitansehen müssen, dass jemand weint. Sie wissen nicht, wo sie hinschauen sollen, wenn ihr Gegenüber die Kontrolle verliert und sich in seinem wahren Wesen zeigt. Ich weiß nicht, warum, vielleicht macht es ihnen Angst. Möglicherweise erinnert sie die Verletzbarkeit des anderen unangenehm an ihre eigene.

Mir macht es normalerweise nichts aus, wenn jemand in meiner Gegenwart weint. Ich werde einfach warm und weich. Ja, manchmal habe ich das Gefühl, Weinen und Lachen sind die einzigen menschlichen Regungen, die ich wirklich verstehe, wahrscheinlich weil sie immer irgendwie auch ein Ausdruck von Liebe sind. Aber an diesem Abend war es plötzlich selbst mir zu viel.

Flora stand da, in ihrem schönsten Kleid und mit einem Küchenhandtuch in der Hand, und ließ den Tränen freien Lauf.

Am schlimmsten fand ich, dass Martin nichts sagte. Er sah doch seine Tochter nicht zum ersten Mal weinen! Warum tat er denn nichts?

Flora schniefte.

»Und dann steht auch noch Mama vor der Tür …«, sagte sie mit erstickter Stimme. »Als ob ich gar nichts …«

»Was?«, rief Martin. »Claudine? Wo?«

»Keine Ahnung. Sie ist wieder weg, ich hab nicht aufgemacht. Die Koffer gehören ihr und Luigi«, sagte Flora, und dann trat sie mit der Miene eines beleidigten Kindes gegen das überdimensionale Beautycase ihrer Mutter.

Da fing Martin an zu lachen.

Blätterteigkrümel regneten über den Couchtisch, hustend und prustend saß er im Sessel und hielt sich den Bauch, er lachte die schlechte Stimmung und das Absurde dieses Abends einfach weg. Als Flora endlich mit einstimmte, wenn auch vielleicht nur aus Verzweiflung, war ich mehr als erleichtert.

»Nicht aufgemacht«, kicherte Martin. »Das ist gut …«

Das ist jetzt sicher Louise«, sagte Flora, als Big Ben das Lachkonzert unterbrach.

»Louise kommt auch?«, fragte ihr Vater unbedarft. »Wie schön!«

Endlich bekam Flora Verstärkung. Es war höchste Zeit.

»Lise, mein Mädchen!«, rief Martin erfreut, umarmte Louise herzlich, küsste sie auf die vor Kälte blühenden Wangen und zog ihr im Scherz die Mütze über die Augen.

»Und wo ist Maman?«, fragte Louise verwirrt und nahm die Mütze ab.

»Keine Ahnung … weg.«

»Flora hat nicht aufgemacht«, sagte Martin, und wieder gluckerte das Lachen in ihm hoch.

Was ihn daran wohl so amüsierte?

»Kommst du dann, Papa?«, sagte Louise. »Bevor man da draußen gar nicht mehr vom Fleck kommt.«

»Wohin?«

»Mit zu mir. Flora erwartet doch Besuch.«

Es ist ja nicht so, als hätte Martin nicht von selbst darauf kommen können. Ehrlich, ein halbwegs wacher Blick in Floras Gesicht, auf ihr Kleid, das geschmückte Zimmer oder die Vorspeisenplatte hätten ausgereicht, um einen durchschnittlich begabten Mann auf die Idee zu bringen, dass vielleicht noch Gäste geladen sind. Sein vorwurfsvolles »Das konnte ja kein Mensch ahnen. Warum sagst du denn nichts?«, war jedenfalls vollkommen unangebracht.

»Ist jetzt auch egal«, sagte Flora und winkte erschöpft ab. »Zieht doch endlich mal die Jacken aus.«

Aber in ihrer Geste lag mehr als bloße Ermüdung oder Gleichgültigkeit. Es war, als verabschiedete sie sich von Felix, von der Hoffnung auf diese eine Liebe, von der Vorstellung, jemals etwas verlässlich planen zu können, und überhaupt von ihrem Glauben an einen gesunden Menschverstand. Jedenfalls ging es mir so. Ich fühlte mich ihr sehr nah.

Es gibt viele Arten, mit solcherlei Enttäuschungen umzugehen. Bisher hatte Flora sich immer ins nächste Manuskript gestürzt, ehrlich gesagt, hatte ich schon befürchtet, dass sie anfangen würde zu schreiben, sobald Louise und Martin aus der Tür waren. Dass sie ihren

Computer mit einer triumphalen Fanfare starten ließ und anfing, auf die Tasten einzuhacken. Dann starrt sie immer mit vorgerecktem Kinn auf den Bildschirm, wo Buchstabe um Buchstabe auf die Seiten fliegt, und macht höchstens mal eine Pause zum Schokoladeessen. Tagelang kann das so gehen. Sie ist eben durch und durch Schriftstellerin.

Aber diesmal, vielleicht weil Weihnachten war, vielleicht aber auch, weil sie plötzlich bemerkte, dass es doch irgendwie schön war, ihre Familie bei sich zu haben, auch wenn sie nicht eingeladen war und sich darüber hinaus nicht so benahm, wie man es von einer Familie erwartete, entschied sie sich für Champagner.

Irgendwann habe ich mal gehört, wie jemand, ich glaube es war Albert, sagte: »Was hat es für einen Sinn, sich über die Familie zu beschweren? Man hat ja nur die eine, und die kann man sich nicht aussuchen.« Das hat mich nachdenklich gemacht, denn ehrlich gesagt, so hatte ich das vorher noch nie gesehen.

Zum ersten Mal ging mir da ein entscheidender Unterschied zwischen mir und den Menschen auf: Ich hatte keine Familie. Mit der Zeit kam zwar eine ansehnliche Liste von Menschen zusammen, denen ich mich zugehörig fühlte, die ich für mich als meine Familie betrachtete. Aber eigentlich wurde ich doch nur von einem zum nächsten weitergereicht. Manchmal war ich froh, endlich wegzukommen, zu anderen Gelegenheiten hätte ich mir gewünscht, für immer bleiben zu dürfen. Mal fühlte ich mich besser aufgehoben, mehr geliebt, mal weniger beachtet, darüber entschied allein das Bedürfnis meiner Besitzer. Lange war mir nicht bewusst, dass es zwischen Menschen eine Verbindung gibt, die nicht nur vom Bedürfnis und von Zuneigung abhängt. Eine Verbindung, die bisweilen stärker ist als der eigene Wille. Familienbande.

Daran musste ich denken, als Flora, Louise und Martin zusammen am Tisch saßen. Umgeben vom warmen Schein der Kerzen strahlten sie plötzlich etwas Friedliches und Zufriedenes aus, mit dem keiner von ihnen gerechnet hatte. Als wären sie selbst noch ein bisschen überrumpelt von der kleinen Weihnachtsfeier, die sich ihnen bot, schwiegen sie, während Flora ihnen den (für Felix bestimmten) Champagner eingoss. Die Gläser klirrten feierlich und Flora sagte: »Na dann, frohe Weihnachten.«

Es klang, als meinte sie es ehrlich.

Alle hielten inne und sahen auf.

Die Klingel war heute Abend gut bei Stimme. »Da steht jemand vor der Tür«, rief sie in den Raum.

»Wer kommt denn jetzt noch?«, fragte Martin.

Flora zuckte die Schultern. »Das Christkind?«, sagte sie und stand auf. Ich sah keinen Hoffnungsschimmer in ihrem Blick. Mit Felix schien sie nicht mehr zu rechnen.

Das Einzige, was wir kurz darauf aus dem Flur hörten, war ein durchdringendes Schluchzen.

Wer stand an Heiligabend bei uns vor der Tür und weinte?

»Schhschhschh, was ist denn los?«, erklang Floras Stimme. »Ach du lieber Himmel, du bist ja ganz aufgelöst. Komm mal her, komm, lass dich mal drücken. Ja. Ach Gott, du Armes.«

Louise und Martin sahen sich an, Martin zog die Augenbrauen hoch und machte ein fragendes Gesicht, worauf Louise mit einem Schulterzucken antwortete. Als dürften sie kein Geräusch machen, saßen sie regungslos am Tisch.

»Jetzt komm erst mal rein«, sagte Flora.

Wir schauten gespannt zur Tür.

Aus unerfindlichen Gründen habe ich mir das Christkind immer wie eine sanft lächelnde Lichtgestalt vorgestellt. In diesem Fall hatte es überraschende Ähnlichkeit mit Mara, bis auf die Tatsache, dass Mara üblicherweise gutgelaunt und nicht in Tränen aufgelöst zu uns kam. Ihre Haare standen in alle Richtungen ab, und ihr Gesicht war geschwollen und rot.

»Nils betrügt mich!«, platzte sie zwischen zwei Heulattacken heraus.

Wie bitte?

»Was?!«, rief Flora. »Quatsch!«

»Doch! Er hat die Geschenke vertauscht. Und ich hab das Buch für seine Geliebte gekriegt. *Shades of Grey*. Mit Widmung. Für Natalie in Vorfreude.«

Wieder brach sie in Tränen aus. »Natalie. Wie sich das schon anhört. Dabei hat er mich doch über die Schwelle getragen …«

Ja, das habe ich mit eigenen Augen gesehen. Ich war zwar nicht bei der Hochzeit dabei (ich war noch nie bei einer Hochzeit, einmal in Rom war es fast so weit, aber auch da musste ich letztlich zu Hause bleiben), aber auf den stundenlangen Videoaufnahmen, die Flora einmal jährlich auf ihrem großen Fernseher anschauen muss, wenn Mara wieder eine Diät macht und eine Vergleichsgröße braucht, ist deutlich zu erkennen, wie Nils einen großen, kichernden, weißen Tüllhaufen in die Wohnung trägt. Und noch mehr war da zu sehen: ein Lachen und das Glück in seinen Augen. Darin lag so viel ehrliche Zuneigung. Liebe. Die er jetzt offenbar vergessen hatte.

Es ist mir noch immer eines der größten Rätsel, warum die Liebe offenbar nicht alltagstauglich ist. Wie kann es sein, dass dieses große, strahlende Gefühl zwischen zwei Menschen so unbemerkt an Leuchtkraft verliert? Was passiert damit?

Hilflos sah Mara von einem zum anderen, wischte sich über die Augen und schluchzte: »Ich wusste einfach nicht, wohin. Es tut mir leid, dass ich hier so reinplatze.« Kurz hielt sie inne und fügte dann verwundert hinzu: »Wo ist denn Felix?«

»Planänderung«, sagte Flora und lächelte.

Trotz allem Kummer leuchtete Skepsis in Maras Blick auf, ich konnte die Fragezeichen deutlich sehen, die wie eine Leuchtreklame in ihren Augen blinkten: Warum? Wieso? Weshalb? Für einen Moment war sie so abgelenkt, dass sie vergaß, zu weinen. Doch Flora tat, als habe sie nichts bemerkt, und ließ ihren Vater vor, der sich erhoben hatte und wie ein vollendeter Gentleman ein frisches, blütenweißes Taschentuch hervorzog. Er reichte es Mara mit einer angedeuteten Verbeugung. Dankbar nahm sie es entgegen und tupfte sich über die Augen.

»Jetzt ist es ganz verdorben«, sagte sie, als sie die schwarzen Spuren ihrer fortgeweinten Schönheit auf dem Stoff entdeckte. »Ich wasche es natürlich.«

»Ich bitte Sie«, sagte Martin. »Behalten Sie es. Es ist mein Weihnachtsgeschenk.«

Er legte den Arm um ihre Schultern und drückte sie tröstend. Ich war überrascht. Woher kam denn plötzlich diese Einfühlsamkeit? Mara musste wider ihren Willen lächeln. Ihr Blick fiel auf die Koffersammlung, die sich neben dem Sofa auftürmte.

»Willst du wegfahren?«, fragte sie.

Flora schüttelte den Kopf. »Nein. Die gehören meiner Mutter.«

Ohne Vorwarnung fing Mara wieder an zu weinen. »Und wir wollten doch auch morgen verreisen! Dieses Schwein.«

»Das klärt sich bestimmt, vielleicht war es nur ein Irrtum«, sagte Flora diplomatisch.

»Nein«, schluchzte Mara, und das Elend der ganzen Welt lag in diesem Ausruf. »Er hat alles zugegeben.«

Bis zu diesem Zeitpunkt war ich nur stiller Beobachter gewesen. Ich hatte in meinem Regal gesessen und mit dem mir eigenen Staunen verfolgt, wie sich dieser Weihnachtsabend vollkommen unerwartet mit Bedeutung füllte, wie er zu einem Ereignis heranwuchs, an das wir uns alle noch lange erinnern werden.

Ich war bis dahin lediglich unbeachteter Weihnachtschronist, passiver Geschichtensammler und unbedeutender Statist in dem Stück, das hier gegeben wurde.

Aber dann, plötzlich, streckte sich eine Hand nach mir aus, umfasste mich warm und hoffnungsvoll, anders als die Putzfrau, die mich gelegentlich hochnahm, um hinter mir abzustauben, und hob mich herunter, mitten in die Geschichte hinein, ins Leben. Und mit einem Mal hatte ich wieder eine Rolle und eine Funktion. Wieder nahm der Abend eine neue, für mich die entscheidende Wendung, auch wenn ich das noch nicht ahnte, sondern einfach nur glücklich war, endlich etwas Sinnvolles tun zu können!

Und wer kam auf diese Idee? Natürlich Flora.

»Schau mal, Henry guckt auch schon ganz betrübt«, sagte sie und winkte ein bisschen mit meinem rechten Arm. »He, Mara!«, sagte sie mit verstellter Stimme. »Nicht weinen.«

Vorsicht! Ich bin doch nicht mehr so beweglich!

Mara nahm mich mit beiden Händen, schaute mir kurz in die Augen, und was soll ich sagen, als sie ihre Nase in meine Halsgrube steckte, als ich ihre Verlorenheit und ihr Parfum roch, da war ich in meinem Element. Und das Herz ging mir auf, als Maras Daumen völlig unwillkürlich meinen Trostpunkt fand. Die kleine Stelle an meinem Bauch, die noch jeder, der mich in Verzweiflung an sich gedrückt hat, gefunden hat, egal ob Kind oder Erwachsener. Er war noch da, er wurde noch gebraucht. *Ich* wurde noch gebraucht.

Ich tröstete, was das Zeug hielt.

»Der hat da ganz dünnes Fell«, schniefte sie und zeigt auf meinen Bauch.

»Ich weiß«, sagte Flora.

»Du alter Bär«, sagte Mara. »Bestimmt haben schon viele in dich reingeweint.«

Ja, das kannst du laut sagen!

Und zu den Tränen, die flossen wie ein Gebirgsbach, kam jetzt auch noch ein Schluckauf.

»Na, na«, schaltete sich Martin wieder ein und führte Mara zum Tisch. »Kommen Sie, wir trinken erst mal was.«

Martin schien es für die vorläufige Lösung aller Probleme und das beste Mittel zur Nervenberuhigung zu halten, erst mal etwas zu trinken. Und damit meinte er offensichtlich nicht Wasser, sondern Rotwein. Ich bin kein Moralapostel, soll jeder trinken so viel er will, aber *ich* habe keine guten Erfahrungen damit gemacht. Auf dem Weingut von Monsieur Brioche, wo ich in den fünfziger Jahren einen Sommer verbrachte, ertrank ich nämlich beinahe in einem Fass Beaujolais. Jede Faser meines Körpers war mit Rotwein vollgesogen. Es dauerte Monate, bis der Geruch aus meinem Fell verschwunden war. Das war schrecklich. Aber noch schlimmer war, dass der Alte seinen Wein mehr liebte als seine Frau und seine kleine Tochter Lucille. Nein, an diese Zeit denke ich nicht gerne.

Mara sank auf einen Stuhl, ohne mich loszulassen, ohne aufzuhören, meinen Bauch zu reiben.

»Pap, ich glaube wir gehen dann besser«, meldete sich Louise zu Wort.

»Nein!«, rief Mara und sprang sofort wieder auf. »Bitte, ich wollte nicht stören. Ich bin gleich wieder weg.«

Sie umklammerte mich, als wollte sie mich nie wieder loslassen.

»Hier geht keiner«, sagte Flora. »Komm, Louise, wir gucken mal, was die Küche noch hergibt.«

Ich war hin- und hergerissen. Einerseits war ich überglücklich, endlich, endlich wieder gebraucht zu werden, andererseits war mir natürlich in jeder Sekunde bewusst, dass dieses Glück auf der Not eines Menschen basierte, den ich sehr mochte, schätzte und weitaus lieber lachen als weinen sah. Zudem hatte ich auch noch ein ziemlich schlechtes Gewissen, dass mich die Aufgabe, Mara zu trösten, so sehr in Anspruch nahm, dass Flora, die es mindestens ebenso nötig gehabt hätte, nun leer ausging.

Über Martin wunderte ich mich ebenfalls. Er wuchs in seinen Anstrengungen, Mara zum Lächeln zu bringen, über sich hinaus.

»Sie haben wirklich eine bezaubernde Art, zu hicksen«, sagte er und wischte ihr eine Träne von der Wange.

»Ach was«, sagte Mara.

Hicks.

»Doch«, erwiderte Martin und musste lächeln.

Hicks.

»Es gibt da einen Trick ... Sie stellen sich auf ein Bein«, sagte er und stand auf. »So.« Er stützte seinen strumpfigen Fuß am Knie des anderen Beins ab, so wie Flora es immer tut, wenn sie morgens ihre Yogaübungen macht. »Dann kreisen Sie mit der linken Hand im Uhrzeigersinn über dem Kopf ... so, immer schön drehen …« Mara schniefte. »Und mit der anderen Hand kreisen Sie gegen den Uhrzeigersinn über dem Bauch.« Er mühte sich ab, das Gleichgewicht zu halten, und fuchtelte mit den Armen. Mara und ich sahen erstaunt zu, wie Floras Vater hochkonzentriert vorturnte. »Und dabei«, fuhr er fort, »zählen Sie rückwärts von zehn bis null.«

Maras Griff um meine Schultern lockerte sich. Ich spürte, wie ihre Atmung ruhiger wurde, wie das rumpelnde Schluchzen in ihrer Brust nachließ und sich ihre Muskeln entspannten.

»Kommen Sie«, rief Martin. »Los, machen Sie mit!«

»Es hat schon geholfen«, sagte Mara. »Ich hab gar keinen Schluckauf mehr.«

»Nicht?«, fragte er und hielt mitten in der Bewegung inne.

»Ist wie weggeblasen.« Sie musste kichern. »Sie können ruhig aufhören.«

»Sehen Sie!«, rief er und strahlte. »Und jetzt sieht Ihr Lächeln auch schon wieder viel fröhlicher aus.«

Seine Gesten, sein Lachen und seine Mimik waren wie ein Gruß aus lange vergangener Zeit. Plötzlich, im Bruchteil eines Moments, konnte ich mir vorstellen, wie Martin Flora getröstet hatte, als sie noch ein kleines Mädchen war. Wie er frei und fröhlich für sie Theater spielte, um sie von ihrem Kummer abzulenken, wenn ihr ein Eis zu Boden gegangen oder ein Luftballon zerplatzt war. Damals, als das Leben noch so war, wie er es sich ausgemalt hatte. Bevor alles bitter und verfahren und unlösbar wurde. Bevor das Erwachsensein sie alle daran hinderte, ihre wahren Gefühle zu zeigen. Bevor er an Heiligabend bei seiner Tochter in der Tür stand und nicht mal merkte, dass hier etwas nicht stimmte.

Macht einer mal bitte die Tür auf?«, rief Flora aus der Küche.

Was? Wieso? Hatte es schon wieder geklingelt? Ich hatte mich innerlich ausgeklinkt, als Martins Gentleman-Benehmen einen vertraulichen Unterton bekam. Offenbar waren meine Gedanken lauter gewesen als Big Ben, denn ich hatte nichts gehört.

»Was sagst du, Liebes?«, fragte Floras Vater zerstreut.

»Es hat geklopft!«, rief Flora. »Könnt ihr bitte mal aufmachen?«

Sie klang irgendwie desinteressiert oder gleichgültig – jedenfalls nicht so, als würde sie noch hoffen, Felix zu sehen.

Maras Augen weiteten sich vor Schreck.

»Also, wenn das Nils ist …«

»… dann lasse ich ihn natürlich nicht herein«, sagte Martin, erhob sich und legte ihr beruhigend die Hand auf die Schulter. »Schurken haben hier keinen Einlass.«

»Hier ist ein Inder!«, ertönte seine Stimme kurz darauf.

»Was?!«

»Ein Inder!«, brüllte Martin.

Salim.

Wie von der Tarantel gestochen jagte Flora zur Tür.

»Salim!«, rief sie. »Kommen Sie doch rein. Entschuldigen Sie, mein Vater ...«

Sie schob Salim vor sich her und zischte Martin an: »Sag mal, spinnst du?«

»Was denn?«, fragte er flüsternd. »Ist er etwa kein Inder?«

Mir wurde schwarz vor Augen vor Scham.

»Es tut mir sehr leid«, sagte Salim. »Wirklich, aber könnte ich noch zwei Eier leihen?«

»Natürlich«, antwortete Flora, »kein Problem. Dies ist übrigens mein Vater. Martin Sommer. Papa – das ist Herr Shankarani. Mein Nachbar.«

»Guten Abend«, sagte Martin langsam und überdeutlich.

Die Hitze stieg Flora ins Gesicht. Langsam wurde sie rot. »Salim ist nicht schwerhörig, Papa.«

»Alle Gäste sind da?«, fragte Salim. »Schöne Fest?«

Flora zuckte die Schultern und sah sich um. Mit einem Schlag schien ihr bewusst zu werden, welcher Anblick sich hier bot. Ein Betrunkener, eine Verheulte, eine Verzweifelte und eine Normale. Schöne Fest? Na ja.

»Brauchen Sie sonst noch etwas?«, fragte sie, als sie ihn mit den Eiern zur Tür begleitete.

»Nein danke«, sagte Salim.

Da ertönte eine laute Stimme aus der Wohnung gegenüber: »Doch, wir brauchen noch Mehl!«

War das nicht … Das war doch … Woher …?

»Maman?«, rief Louise und kam aus der Küche. Ihr Blick sprach Bände: Oh weh, wäre ich bloß in Singapur, schien sie zu denken.

»Louise?!«, antwortete Claudine.

Drei Sekunden später stand sie bei uns im Wohnzimmer.

Ich hielt gespannt die Luft an. Es war wie im Theater. Der Vorhang öffnete sich zum letzten Akt. Alle waren auf der Bühne. Jetzt ging's los! Langsam fand ich Gefallen an der Situation. So viel Betrieb herrschte sonst nie bei uns! Ich war gespannt, wie der Abend sich noch entwickeln würde, denn offenbar hielt sich das Schicksal nicht an das Weihnachtsskript und bescherte, statt Geschenken, eine ungeplante Überraschung nach der anderen. Ich ahnte ja nicht, was noch kommen würde.

»Lieschen, was machst du denn hier? Wieso bist du nicht in Singapur?«

»Der Flug wurde gecancelt. Ich bin aber gleich wieder weg. Ich hole nur Papa ab.«

»Martin?«, fragte Claudine ungläubig.

»Sieht so aus«, sagte Louise.

»Was machst du denn bitte bei Herrn Shankarani?«, fragte Flora streng dazwischen. »Kannst du mir das mal erklären?«

»*Du* hast uns ja nicht reingelassen, du Herodes! Wir kamen uns vor wie Josef und Maria auf der Suche nach einer Herberge!«

»Maria!«, rief Martin theatralisch aus dem Hintergrund. »Maria will mich nicht mehr! Sie will lieber mit ihren Kindern Weihnachten feiern als mit mir. Es ist aus!«

Er legte einen Arm um Maras Schultern. »Fräulein Mara hier und ich sind heute Abend eine richtige Leidensgemeinschaft! Nicht wahr?!« Er drückte Mara an sich.

Ich mochte gar nicht hinsehen.

»Herr Shankodani war so freundlich, uns hereinzulassen«, sagte Claudine und hakte sich bei Salim unter, der unschlüssig mit den Eiern in den Händen dastand. Triumphierend lächelte sie Flora an, die aussah, als wünschte sie sich, dass der Boden sich auftat und sie verschlang. Sie rang die Hände und stammelte:

»Oh Gott, Salim. Es tut mir fürchterlich leid, ehrlich. Ich weiß gar nicht, was ich sagen soll. Meine Familie, also, ich hatte sie alle gar nicht eingeladen … es ist … ich … bitte, verzeihen Sie.«

»Wo ist denn Luigi?«, fragte Louise dazwischen und rettete Flora vor weiteren Haspeleien.

Die liebe Louise, auf sie war wirklich Verlass.

»Der macht Pasta bei Herrn Shankodani«, sagte Claudine spitz. »Irgendwas müssen wir schließlich essen.«

»Shankarani«, verbesserte Flora müde.

»Salim«, warf unser Nachbar ein. »Einfach Salim.«

Natürlich mache ich mir schnell Sorgen. Das liegt in meiner Natur. An diesem Abend reichte ein Blick in Floras Gesicht, um mich ernstlich zu bekümmern, denn im Gegensatz zu allen anderen blieb mir der leicht abwesende Zug hinter ihrer mühsam kontrollierten Mimik nicht verborgen. Aber ich bin schon immer einer von den optimistischen Pessimisten gewesen.

Gut, dachte ich darum, als die gesamte Multi-Kulti-Patchwork-Weihnachtsgesellschaft am Esstisch Platz genommen hatte. Gut, dass Flora jetzt nicht alleine ist. Gut, dass sie nicht hier sitzt und wirklich in ihr Kissen weint, wie Mara es am Nachmittag noch so leichthin gesagt hatte. Gut, dass ihre stille Traurigkeit übertönt wird durch das lautstarke Durcheinander, in dem sie sich unfreiwillig befindet. Gut, dass sie keine Zeit hat, darüber nachzugrübeln, ob es womöglich an ihr liegt, dass Felix nicht gekommen ist. Gut, dass der Gedanke an Weihnachten sich nicht auf ewig mit dem ausschließlichen Gefühl verbindet, von dem Mann, den sie liebte, sitzengelassen worden zu sein. Gut, dass sein unverzeihliches Benehmen nur Teil einer viel bunteren Geschichte wird, einer Geschichte, die erzählt, wie es ist, wenn passiert, was niemand je geplant hätte. Gut, dass sie alle da waren. Dass sie alle einen Platz gefunden hatten. Dass keiner von ihnen allein war – auch wenn niemand dort war, wo und bei wem er eigentlich sein wollte. Es wird schon nicht so schlimm werden, dachte ich und versuchte den Gedanken an den grauenhaften Weihnachtsbrunch vor ein paar Jahren, der sich aufdrängen wollte wie ein unliebsamer Staubsaugervertreter, von mir zu schieben.

In der Mitte des Tischs stand eine Schüssel mit dampfender Pasta, daneben ein Topf mit einer frisch improvisierten Soße.

»Nudeln an Heiligabend«, sagte Martin verächtlich und schöpfte sich großzügig Soße auf den Teller.

Er konnte es nicht lassen. Nicht einmal jetzt.

»Pap«, sagte Louise und warf ihm einen strengen Blick zu.

»Luigi tut wenigstens was, anstatt sich sinnlos volllaufen zu lassen«, erwiderte Claudine.

Ich bekam warme Ohren. Sie wollten jetzt doch wohl kein Scharmützel beginnen?

»Schmeckt superlecker, Luigi«, unterbrach Mara, die ihre Portion noch so gut wie gar nicht angerührt hatte.

»Ja, ganz vorzüglich«, sagte Martin und fuhr beschwingt fort: »Wisst ihr übrigens, woran man einen toten von einem lebenden Italiener unterscheidet?«

»Ist gut jetzt, Papa!«

Floras Ton war ungewohnt schneidend. Die Familie bewegte sich auf dünnem Eis, es knackste bereits verdächtig. Ich wagte nicht, mir auszumalen, was passieren würde, wenn sie alle zusammen baden gingen.

»Man wird doch wohl noch einen Witz erzählen dürfen.«

»Aber keinen ausländerfeindlichen!«

»Ach, ein Ostfriesenwitz wäre erlaubt?«, fragte Martin spitz.

»Wir machen viele Witze über Sikhs, die sind bei uns wie Ostfriesen hier«, sagte Salim.

»Na bitte«, sagte Martin. »Erzählen Sie doch mal einen, Salim.«

Bitte nicht.

Ich hasse Witze. Flora hasst Witze. Es ist Weihnachten. Felix ist nicht da. Es ist eine Katastrophe.

Salim warf Flora einen Blick zu und wurde rot.

»Ich weiß nicht …«, sagte er.

»Ach, kommen Sie. Sie haben doch bestimmt einen auf Lager«, drängelte Martin.

Flora starrte auf die Tischplatte.

Warum tat Martin das? Er war doch eigentlich ein ausgeglichener, ja manchmal sogar zu gutmütiger Mann. Es passte überhaupt nicht zu ihm, dass er jetzt versuchte, einen Fremden vorzuführen.

Mein Herz verkrampfte sich.

Hallo? Warum sagt denn niemand etwas?

Salim wand sich auf seinem Stuhl. Der Arme war völlig ahnungslos zwischen die Fronten gestolpert.

Die Luft knisterte.

»Hast du eigentlich lange ans Christkind geglaubt, Flora?«, fragte Mara unvermittelt.

Der plötzliche Themenwechsel half. Die Spannung entlud sich beinahe hörbar, abgelenkt wie ein Blitz.

Ich atmete erleichtert auf. Flora versuchte die Spaghetti hinunterzuschlucken, die ihre Backen dick und eine direkte Antwort unmöglich machten.

»Flora?!«, rief da Louise mit einem Lachen. »Na, klar! *Ich* habe schon mit fünf nicht mehr an den Nikolaus geglaubt, aber Flora ...«

»Ja, das stimmt«, sagte Claudine und stieß Luigi an. »Louise hatte es wirklich faustdick hinter den Ohren! Stell dir vor, einmal hatte ich mich mühevoll als Nikolaus verkleidet und diesem frechen Kind gerade eine Standpauke gehalten ...« Claudine verstellte die Stimme, » ... ›Willst du denn in Zukunft brav sein und auf den Nikolaus hören?‹, sage ich. Und da antwortet sie: ›Du bist doch sowieso die Mama!‹«

Louise lachte.

»Madonna mia!«, rief Luigi. »Du als Nikolaus?! Mit eine lange, wie sagt man, Bart?! Das ich hätte gerne gesehen!«

Er kniff seiner Frau lachend in die Wange. In dieser winzigen Geste lag die Wärme eines ganzen sizilianischen Sommertags. Ich sage es ja. Die Italiener. *Amore* braucht nicht viele Worte.

»Ich glaube nach wie vor ans Christkind«, sagte Flora jetzt und sah Mara dankbar an. »Noch hat mir keiner das Gegenteil bewiesen.«

»So gesehen …«, murmelte Mara und legte nachdenklich die Stirn in Falten.

»Früher haben wir in der Weihnachtsnacht immer extra das Fenster einen Spalt offen gelassen, damit das Christkind hereinfliegen kann«, erzählte Martin und sah Flora an. »Du wolltest immer, dass ich ein Glöckchen aufhänge. Damit wir hören, wenn es hereinkommt. Weißt du noch, Flora?«

Offen blickte sie ihren Vater an und nickte.

Zum ersten Mal an diesem Abend lächelte sie.

Ich zwinkerte ihr verschwörerisch zu. Nur wir beide wussten, dass in der Ecke hinter dem Weihnachtsbaum das kleine Fenster ein paar Zentimeter geöffnet war und dass am Griff ein winziges gläsernes Glöckchen hing …

Für einen kurzen Moment herrschte Stille am Tisch, und ich hatte das Gefühl, das Schimmern von etwas lange Vergessenem aufleuchten zu sehen. Ein leiser Luftzug ließ die Kerzen am Weihnachtsbaum flackern. Vielleicht durchschritt ein Engel den Raum.

Ach, sag bloß, du hast diesen alten Bären immer noch, Flora!«, rief Claudine, als die Teller geleert und die Gläser zum wiederholten Mal gefüllt worden waren.

Meinst du mich?

Ja, ihre ringbehängten Finger deuteten in meine Richtung. Ewig hatte so niemand mehr auf mich gezeigt.

Worauf wollte sie hinaus? Wir kannten uns doch gar nicht. Kein einziges Mal hatte sie mich in all den Jahren beachtet, wenn sie bei uns zu Besuch war. Sofas, Sessel, Gläser und Tassen hat sie bewundert, die Aussicht hat sie kommentiert und sogar Floras Bettwäsche, aber für mich hatte sie bislang nie Interesse gezeigt. Aber sie hat ja auch meine Biographie nicht gelesen. Wie im Übrigen auch sonst keinen von Floras Romanen. Bücher sind einfach nicht Claudines Ding, da macht sie keinen Hehl draus.

»Es hat nichts mit dir zu tun, Liebes«, hat sie einmal aufrichtig erklärt. »Ich bin sicher, du schreibst ganz wundervolle Geschichten, aber weißt du, Lesen ist einfach nichts für mich. Es dauert so fürchterlich lange.«

Trotzdem freut sie sich aber unbändig, wenn ihre Tochter einen Preis bekommt. Sie ruft an, wenn sie Floras Namen (oder eines ihrer Pseudonyme) in der Zeitung entdeckt, und kann sich schrecklich echauffieren, wenn jemand an Floras Büchern Kritik übt. So ist Claudines Welt: unsachlich, aber irgendwie herzlich.

Alle Augen richteten sich auf mich. Ich saß neben Mara auf dem Tisch, mit dem Rücken an die leere Champagnerflasche gelehnt, damit ich nicht umfiel (seit ein paar Jahren fällt mir das aufrechte Sitzen nicht mehr so leicht – ich vermute, mein Schwerpunkt hat sich irgendwie verschoben). Maras Hände umfassten mich und schoben mich in die Mitte des Tisches.

»Wieso immer noch?«, fragte Flora und zog mich zu sich.

»Den habe ich dir zu Weihnachten geschenkt, als du vier warst, damals …«

Was?

»Nein«, sagte Flora. »Den habe ich …«

»*Ich* hab ihn ihr mitgebracht. Als ich auf Geschäftsreise in England war. Da war sie sechs«, unterbrach Martin.

Wie bitte?

Es machte mich ganz beklommen, so plötzlich der Mittelpunkt des Interesses zu sein. Solche Situationen können eine ganz seltsame Dynamik entwickeln, vor allem unter Erwachsenen. Ich kenne das. Eben war man noch ein harmloser Teddybär, und im nächsten Moment ist man schuld an einem Kindheitstrauma.

»Nein!«, rief Flora. »Ich hab ihn doch …«

»Du wieder, ja?«, sagte Claudine. »Zufällig weiß ich noch ganz genau …«

»Also, mir habt ihr nie einen Bären geschenkt«, sagte Louise dazwischen. »Falls ich das mal anmerken darf.«

Was habe ich gesagt?! Ich wusste es. Es ist nie gut, wenn ein Teddy in den Mittelpunkt gerät.

Wir Teddys haben etwas an uns, das die Menschen an ihre Gefühle erinnert. Wenn sie es mit Teddybären zu tun haben, werden sie irgendwie wieder zum Kind.

Das ist ja im Prinzip ganz in Ordnung, aber doch nicht an Heiligabend. Nicht an *diesem* Heiligabend. Es war zum Verzweifeln. Ich konnte es nicht fassen, dass sich ausgerechnet an mir alte Rechthabereien entzündeten.

Mara und Salim aßen schweigend ihre Nudeln.

»Hallo! Hört mir jetzt vielleicht mal einer zu!«, rief Flora ungewöhnlich bestimmt und laut.

Gut so! Hau mal auf den Tisch!

Die anderen sahen sie verwundert an. So kannten sie ihre kleine Flo offensichtlich nicht.

»Ich erinnere mich sehr gut an den Bären, den *ihr* mir geschenkt habt«, fuhr sie jetzt mit ruhiger Stimme fort. »Das war zu meinem fünften Geburtstag, und er war ganz anders als Henry. Er hieß Ben und war weiß und hatte besonders flauschiges Fell. An so etwas erinnert man sich ja wohl. Wir haben ihn damals in Dänemark verloren. Auf der Fähre. Wisst ihr das denn nicht mehr? Ich habe doch wochenlang um ihn geheult.«

Ich spürte einen Stich in meiner Brust.

»Richtig«, rief Claudine. »Das war, weil Papa die Fährtickets verlegt hatte. Wir waren ja viel zu spät dran. Typisch ...«

»Ich?«, rief Martin. »Du hast doch immer die Organisation an dich gerissen! Ich war doch immer nur dein Erfüllungsgehilfe. Also ...«

Ich hörte nicht mehr zu. Sollten sie sich doch die Köpfe einschlagen. Mich beschäftigte etwas ganz anderes. Floras Worte echoten in meinem Kopf: »Er war weiß und hatte so besonders flauschiges Fell. An so was erinnert man sich ja wohl.«

Es war nicht, weil sie vor mir schon andere Bären hatte, nein, es ist mir durchaus bewusst, dass ich kaum der Erste bin, wenn ich ins Leben einer erwachsenen Frau trete. Es lag daran, wie sie von ihm sprach. Wie sie sich an ihn erinnerte, an sein Fell, seine Art und an den Kummer, als er verloren ging.

Ihre Worte waren die Antwort auf alle die Fragen, die ich mir mein Leben lang gestellt habe.

Wie oft habe ich mir überlegt, ob die Kinder, die ich begleitet habe, sich als Erwachsene noch an mich erinnerten. Ob sie mich je vermisst haben. Ob sie um mich geweint haben. Ob sie mich gesucht haben. Ob ich eine Bedeutung hatte, die über mein Wirken hinausging. Ob etwas von meiner Liebe geblieben ist.

»Also, ich hatte früher einen Hund«, sagte Mara in eine Feuerpause. »Der hieß Wauwi. Ich weiß gar nicht, wo der gelandet ist. Muss glatt mal bei uns auf dem Dachboden gucken. Vielleicht hat meine Mutter ihn aufbewahrt. Ohne Wauwi konnte ich nie einschlafen. Das war immer ein riesiges Drama …«

»Si«, sagt Luigi, »ich auch hatte eine kleine *orsetto*, das hieß Gianni. Das war überall mit mir. Ist auf jedem Foto von früher. Kleine Luigi und kleine Gianni.«

»Und was ist aus ihm geworden?«, fragte Louise und sah Luigi an.

»Die Mafia hat ihm die Ohr abgeschnitten.«

»Was?«, rief Louise entsetzt. »Doch nicht wirklich, oder?«

Luigi sah sie ernst an. »Doch. Umberto, die Nachbarjunge, war Sohn von Mafioso. Hat früh angefangen, Leute zu erpressen … Wollte, dass ich ihm gebe Unterwäsche von meine ältere Schwester. Habe ich ihm gegeben alte Unterhose von mir. Da hat er überfallen mich und Gianni beim Spielen. Meine Ohr gepackt und mit eine Messer geritzt. ›Entweder du oder die Bär‹, hat er dann gesagt. Ja. Gianni hat gerettet meine Ohr.«

»Oh Gott, der Arme!«, rief Flora und drückte mich an sich, als müsse sie mich wieder mal vor einer Messerattacke in Schutz nehmen.

»Und dann?«, fragte Louise.

»Ist langsam immer dünner geworden an Kopf. Weiß auch nix. Irgendwann war weg. Meine Gianni.«

Mir wurde ganz warm.

Luigis Geschichte war wie ein Geschenk, eine Erklärung, die er stellvertretend für Alice, Robert, Leo und Lili, Melanie und Isabelle, Laura und all die anderen Menschen abgab, die mich in meinem Leben im Arm gehalten hatten. Sie gab mir die Hoffnung, dass meine Existenz einen Unterschied machte, egal wie bewegungs- und sprachlos ich war.

Sie erinnerten sich. Nicht nur Flora. Alle! Salim erzählte von einer Puppe aus Stoffresten, die seine Mutter für ihn angefertigt hatte. Und Claudine erinnerte sich in einem versöhnlichen Moment an Martins kleinen

Affen, der in seinem Studentenzimmer dabei zugesehen hatte, wie sie sich zum ersten Mal geküsst hatten.

»Weißt du noch, er hatte eine schwarze, harte Nase …«, sagte sie, und Martin nickte.

»Er heißt Pico. Pico Bello.«

Sie lachten.

Menschen erinnern sich. Offenkundig an mehr, als ich je zu hoffen gewagt habe.

Ich kannte übrigens auch einmal einen Gianni, damals in Florenz. Er müsste jetzt um die siebzig sein. Vielleicht hat er seinen Enkeln ja von einem alten Teddybären erzählt, der *Mon ami* hieß. Vielleicht hat er ihnen erzählt, dass er die Liebe seines Lebens, also ihre Großmutter, bei der spektakulären Hilfsaktion nach der Flutkatastrophe am Arno gefunden hatte. Dass sie gemeinsam Schlamm aus den Uffizien geschaufelt hatten. Dass er sie dann durch einen dummen Zufall aus den Augen verlor und jahrelang vergeblich suchte. Und vielleicht hat er ihnen auch erzählt, dass er sie schließlich mithilfe dieses Bären *Mon ami* wiederfand. Und wenn die Kinder dann fragen: »Und wo ist dieser Bär jetzt?«, dann zuckt er wahrscheinlich mit den breiten Schultern und sagt: »Sicher sitzt er jetzt bei einer Schriftstellerin im Bücherregal und sammelt Geschichten. Das sähe ihm ähnlich.«

Ich spürte die Liebe in meiner Brust und war sehr zufrieden. Und zum ersten Mal seit langer Zeit fühlte ich mich nicht nur *nicht* einsam, sondern bedeutsam.

Solche wie ich wachsen nicht auf Bäumen. Solche wie ich werden geliebt. An solche wie mich erinnert man sich ein Leben lang.

Mit Felix rechnete ich nicht mehr. Und auch Flora nicht, das sah ich ihr genau an, als sie den Kopf hob und der Klingel nachlauschte, die das Gespräch merkwürdig dumpf unterbrach. Es ging schon auf zehn Uhr zu, und die Kerzen am Weihnachtsbaum waren beträchtlich geschrumpft. Die Stimmung hatte sich gelöst, war frei und ungezwungen geworden, als wäre ein Knoten geplatzt.

»Es hat geklingelt«, sagte Claudine.

Flora machte keine Anstalten aufzustehen. Ihre Mutter blickte sie an.

»Flora, Mäuschen. Es hat an der Tür geklingelt.«

Ohne etwas zu erwidern, tupfte sich Flora im Zeitlupentempo mit der Serviette den Mund ab, legte ihr Besteck ordentlich auf dem Teller zusammen und schob bedächtig ihren Stuhl zurück. Claudine war längst wieder mit Louise und Salim in ein Gespräch über Indien vertieft.

Mara warf ihrer Freundin einen ängstlichen Blick zu. »Also, wenn das Nils ist …«

Flora nickte. »Ja, ich weiß. Er soll sich zum Teufel scheren.«

Mara lächelte ein müdes Lächeln, das in jedem Zug verriet, wie wund ihr Herz war, wie uneinsichtig ihr Geist und wie erschöpft ihr Körper. Die Pause, die sie ihrer Verzweiflung gegönnt hatte, war beendet. Für eine Weile schien sie sich einfach der Geborgenheit von Floras Wohnung anvertraut und vergessen zu haben, was passiert war. Doch mit der Türklingel kam die Wirklichkeit zu ihr zurück und drängelte sich in den geschützten Raum. Sie rieb sich die Augen.

»Keine Sorge«, sagte Flora und versuchte aufmunternd zu schauen. »Ich krieg das hin.«

Und ich wusste nicht, wen sie damit beruhigen wollte. Ihr Gesicht blieb verschlossen wie eine Königin der Nacht am hellen Mittag. Zwar bilde ich mir ein, genau zu wissen, was hinter der unbeweglichen Maske vor sich ging: Sie wollte nicht hoffen, nicht wieder enttäuscht werden, sie wollte am liebsten gar nicht aufmachen. Aber sie zeigte nichts davon.

Ich versuchte in Richtung Tür zu spähen, aber mein Blickwinkel war schlecht. Keiner kümmerte sich darum, was im Flur passierte. Sie unterhielten sich. Es interessierte sie nicht, wer da noch kam, sie hatten sich mit der Situation arrangiert, hatten auf ihre eigene Weise das Beste daraus gemacht und benötigten keine Ablenkung mehr. Alle – außer Mara. Als hätte sie meine Gedanken erraten, griff sie nach mir und nahm mich auf den Schoß. Sie rieb mein rechtes Ohr zwischen Daumen und Zeigefinger. Wie lange hatte das niemand mehr getan! Für einen Moment versank ich in der Berührung und vergaß völlig aufzupassen. Erst als sie plötzlich innehielt, schaute ich auf.

Es war Felix.

Aber irgendetwas stimmte nicht. Er guckte nicht wie einer, der drei Stunden zu spät zum Weihnachtsessen kommt. Sein Blick sagte nicht: verschneit, verspätet, es tut mir leid, aber ich habe eine super Überraschung. Er sah unsicher aus. Unglücklich.

So hatte ich ihn noch nie gesehen. Was war denn los?

»Hallo, Flora«, sagte er und küsste sie links und rechts auf die Wangen. »Frohe Weihnachten.«

Flora sagte gar nichts.

Jetzt erst bemerkte ich das Gedränge im Flur. Da war es doch sonst nicht so eng. War da noch jemand?

»Darf ich dir meine Mutter vorstellen?«, fuhr Felix beherrscht fort. »Mama, das ist Flora. Flora – meine Mutter, Julie Davis.«

Das war seine Überraschung?!

Mir stockte der Atem. Und das Gehirn. Nur ein Gedanke drehte sich wieder und wieder im Kreis: Er kreuzt am ersten gemeinsamen Heiligabend mit seiner Mutter im Schlepptau auf. Seine Mutter. An Heiligabend. Bei seiner Freundin.

Die Überraschung war ihm wirklich gelungen!

Eine Dame schob sich zwischen Felix und Flora. Sie war groß und schlank. Selbst aus der Entfernung konnte man sehen, dass sie einmal sehr schön gewesen war. Sie nahm Floras Hand, die sie ihr automatisch entgegenstreckte, und hielt sie für einen Augenblick fest, ohne sie zu schütteln. Ich konnte gut verstehen, dass es Flora die Sprache verschlagen hatte, aber sie fasste sich schnell.

»Herzlich willkommen«, hörte ich ihre Stimme. »Und frohe Weihnachten. Kommt doch rein.«

»Ihnen auch, *Sweetheart*«, sagte die alte Dame. *»Thank you very much.«*

Eines der größten Probleme der Menschen ist, glaube ich, dass sie immerzu Erwartungen haben. Sie wollen auf eine bestimmte Weise angesehen, wahrgenommen und gehört werden. Ja, selbst wenn sie behaupten, frei von Erwartungen zu sein, erwarten sie, dass die anderen das bemerken. Sie meinen zu wissen, wie ihr Chef oder Partner reagiert, wenn sie dieses oder jenes tun, und kennen die Antwort bereits, bevor die Frage gestellt ist. Sie haben eine Vorstellung davon, wie der Kaffee zu schmecken hat, wie ein Urlaub zu sein hat, das Wetter, die Leute, der Strand – und sind völlig niedergeschlagen, wenn die Realität den Erwartungen nicht entspricht. Ich habe das Gefühl, Enttäuschung ist die kleine Schwester der Erwartung, sie läuft am Händchen nebenher und auch, wenn keiner sie beachtet, ist sie natürlich immer mit von der Partie.

Auch an ein Weihnachtsfest werden Erwartungen gestellt. Gerne und viel. Wie gesagt: Flora kämpft in dieser Frage an vorderster Front. Und sie hat den Glauben an die Erfüllung ihrer Wünsche nie aufgegeben. Obwohl sie so oft enttäuscht wurde, hat sie den Weihnachtshassern, den Weihnachtsflüchtlingen und den Weihnachtsentzauberern getrotzt. Bis zu diesem Abend. Ich habe ihre Hoffnungen so nachdrücklich zu Staub zerfallen und ihre Erwartungen so umfassend enttäuscht werden sehen, dass mir im Laufe des Abends mehr als einmal Zweifel kamen, ob sie jemals wieder vorfreudig backen und basteln würde.

Und jetzt auch noch das! Ich fragte mich, wie sie diese Überraschung verkraften würde. Ja, ich fürchtete mich vor ihrer Miene, versuchte mich für den Ernstfall zu wappnen – für ihr stilles, kontrolliertes Überlebensgesicht, das vermutlich in tausend Scherben zerspringen würde, sobald der letzte ungebetene Gast verschwand.

Sie kam hinter Felix und seiner Mutter ins Wohnzimmer. Ich hielt die Luft an. Unsere Blicke begegneten sich, und mein Herz tat einen Extraschlag. Ich hatte mich getäuscht!

Da war nichts als Liebe. Ich wäre ihr am liebsten um den Hals gefallen. Der Jubel in meiner Brust hätte nicht größer sein können, so erleichtert war ich.

Aus ihren Augen strahlte ein Glück, wie ich es noch aus Zeiten kenne, als ein Bonbon das größte Geschenk und das Leben allein Grund zum Feiern sein konnte.

Sie war froh. Es war alles gut!

Flora trat einen Schritt zur Seite und bat ihre Gäste herein. Es war nicht zu übersehen, dass Felix überrascht von der bunten Gesellschaft war, die ihm im Wohnzimmer entgegensah.

Die Gespräche erstarben. Alle Blicke richteten sich auf den schlaksigen jungen Mann (der sich nervös mit der Hand durch die Haare fuhr, als könnte er so die Weltordnung wiederherstellen) und die imposante Dame, die mit einem entwaffnenden Lächeln in die Runde blickte und mit sanft rollendem R »Fröhliche Weihnachten allerseits«, sagte.

»Das ist Felix«, sagte Flora leichthin, »und das ist seine Mutter Julie.«

Ich beobachtete die Gesichter. Hinter Claudines Stirn drehten sich die Rädchen sofort auf Hochtouren, das war nicht zu übersehen. Martin schien sich mehr für Felix' Mutter als für Felix zu interessieren, und Louise warf Flora einen fragenden Blick zu. Nach zwei oder drei Sekunden erstauntem Schweigen kam Bewegung auf.

»Hol doch mal einen Stuhl, Louise«, sagte Martin.

»Es gibt auch noch Pasta«, sagte Claudine. »Oder, Luigi?«

»Si, si, certo!«

»Und Wein«, sagte Louise.

»Ich mal gucken«, sagte Luigi und verschwand in der Küche.

Und plötzlich sprachen alle durcheinander, standen auf, räumten und richteten und rutschten, um Platz für die Neuankömmlinge zu machen.

»Es tut mir so leid«, hörte ich Felix in dem Durcheinander Flora zuraunen. »Es ist alles nicht so gelaufen wie geplant. Ich wollte nur kurz bei Ma reinschauen und frohe Weihnachten wünschen. Aber sie wollte auf keinen Fall in der Seniorenresidenz bleiben. Sie hat Zeter und Mordio geschrien. Ich hatte keine Chance. Irgendwie konnte ich sie auch verstehen …«

»Macht nichts«, sagte Flora und legte Felix eine Hand auf den Arm. »Wie du siehst, habe ich in der Zwischenzeit auch ein bisschen improvisiert …«

»Aber meine Überraschung …«, sagte Felix unglücklich. »Es ist alles den Bach runter!«

»Egal«, antwortete Flora. »Hauptsache, du bist da.«

Ihre Augen hielten einander fest. Da war nichts Böses zwischen ihnen, kein Misston, kein Vorwurf.

Love is in the air, dachte ich.

Neulich, an einem ruhigen Samstagmorgen, als Flora gerade Käse und Marmelade auf den Tisch stellte, hatte Felix sie von hinten umarmt und auf den Hals geküsst.

»Love is in the air«, sang er leise mit dem Radio. *»Everywhere I look around.«* Flora kicherte. *»Love is in the air, every sight and every sound«*, trällerte er in ihr Ohr und begann sie im Takt zu wiegen. Seine Stimme wurde fester: *»And I don't know if I'm being foolish, I don't know if I being wise. But it's something that I must believe*

in, and it's there when I look in your eyes …« Mit einem Schwung an der Hand wirbelte er sie herum und küsste Flora auf den Mund.

»Love is in the air«, begann er die zweite Strophe, und Flora fing an zu lachen. Sie schob Felix ein Stück von sich.

»Singe ich so schlecht?«, fragte er pikiert.

»Love is in the air«, kicherte sie und hielt sich die Hand vor den Mund. Ihre Wangen blühten. »Und ich dachte immer, der singt *Lovers in the air*!«

So ist Flora. Ehrlich bis ins kleinste Detail. Und Felix besitzt die Größe, nicht einmal dran zu denken, sie damit aufzuziehen oder vor versammelter Runde vorzuführen.

Als mir dieser Moment in den Sinn kam, schämte ich mich, dass ich auch nur eine Minute an ihm gezweifelt hatte. Felix war einer von den Guten. Ich hätte wissen müssen, dass er Flora nicht einfach so sitzenließ.

»Ach, ist das ein schöner Baum«, sagte Mrs Davis, als sie auf dem Stuhl Platz nahm, den Martin ihr anbot. »*Isn't it*, Felix?«

Er nickte still und legte seiner Mutter die Hand auf die Schulter. Vertraut.

Ich betrachtete die beiden. Julie Davis trug ihr graues Haar kurzgeschnitten und anliegend wie die Diven der zwanziger Jahre, auf ihren Wangen glänzte ein Hauch Rouge und ihre einst sicher vollen Lippen waren leuchtend rot geschminkt. Um ihren Mund und die Augenwinkel deuteten tausende kleiner Lachfältchen auf einen zufriedenen Menschen. Ich musste an die alte Wiener Opernsängerin Sidonie Federspiel denken, bei der ich neun für mich wenig glorreiche Jahre in der Gesellschaft von vierzehn Katzen und einer Puccini-Büste verbracht hatte. Auch wenn Felix' Mutter von der Statur und vermutlich auch charakterlich das absolute Gegenteil von Madame Federspiel war, glich sie ihr doch in ihrer aufrechten, stolzen Haltung. Sie hatte sich nicht vor dem Alter verbeugt, sondern sah ihm mit erhobenem Kinn in die Augen. Ich überschlug kurz und rechnete aus, dass sie Mitte siebzig sein musste. Ein junger Hüpfer verglichen mit mir.

Wie schön, dass wir Sie endlich kennenlernen, Felix. Kommen Sie, setzen Sie sich doch«, sagte Claudine und winkte Felix mit einer herzlichen Geste an den Tisch. Sie klopfte mit der flachen Hand auf die Sitzfläche des Stuhls neben sich. »Wir haben ja schon so viel von Ihnen gehört!«, fügte sie hinzu.

Ich hielt die Luft an. Das war glatt gelogen!

Wie gesagt, Felix war Floras bestgehütetes Geheimnis, in das außer Mara, Louise und mir niemand eingeweiht war. Flora sah ihre Mutter erschrocken an. Sicher befürchtete sie eine Blamage. Aber Claudine zwinkerte ihr verschwörerisch zu. Mach dir keine Sorgen, ich habe alles im Griff, sagte ihr Lächeln. Das waren die

Momente, in denen Claudine über sich hinauswuchs. Souverän tat sie so, als wären sie alle eingeladen und das Fest so und nicht anders geplant gewesen – mit der Gewandtheit einer Dame von Welt umschiffte sie mögliche Peinlichkeiten.

»Und Sie sind Amerikanerin?«, fragte Louise an Felix' Mutter gewandt.

»Oh, no«, sagte sie mit einer klaren, festen Stimme, »aber ich habe fast mein ganzes Leben drüben verbracht. Felix ist *in the US* geboren.«

»Ich bin Französin«, erklärte Claudine gutgelaunt. »Und mein Mann – der in der Küche – ist Italiener. Und Herr Shanko-, also Salim, ist Inder. Was für eine internationale Zusammenkunft!«

»Ich kann leider kein Französisch«, sagte Julie. »Wir wohnten damals nach dem Krieg in der amerikanischen Besatzungszone … all die schicken GI's waren schuld an meiner Vorliebe für Amerika. Und der Rock 'n' Roll.«

»Mum war Sängerin«, erzählte Felix. »Ein großes Talent in den Sechzigern.«

»Don't make me so old«, sagte seine Mutter und strich sich mit dem Zeigefinger ein paar Haare aus der Stirn. »Was sollen denn die Leute denken?«

»Sie war sogar in Woodstock dabei …«, fuhr er fort und grinste.

Diesen Dialog führten die beiden sicher nicht zum ersten Mal. Ich sah, mit welcher zugeneigten Selbstverständlichkeit Felix seiner Mutter den Boden für ihre Lieblingsgeschichten bereitete, wie er ihr den roten Teppich ausrollte, damit sie in Erinnerungen darüber schwelgen konnte.

»In Woodstock?«, fragte Salim. »Ehrlich? *Wow*. War wirklich so viel Schlamm dort?«

Julie lachte. »Mehr als Sie sich vorstellen können!«

»Sagen Sie das nicht«, antwortete Salim. »Sie wissen nicht, wie ist, wenn in Indien kommt der Monsun ...«

»Davon hast du mir nie was erzählt«, sagte Flora und stieß Felix mit dem Ellenbogen an.

»Ach, Mum kann das doch viel besser selbst ...«, erwiderte er.

»Wie spannend«, sagte Mara. »Haben Sie Joan Baez gesehen? Und Janis Joplin? Es muss doch großartig gewesen sein, das mitzuerleben. Das vergisst man bestimmt sein Lebtag nicht!«

»Ach, *darling*«, erwiderte Julie. »Wissen Sie denn nicht, dass man sagt: *If you remember Woodstock, you probably weren't there? Well, well.*«

»Mum!«, rief Felix.

»Apropos Indien«, fuhr Julie ungerührt fort. »Ravi Shankar war auch dabei.« Sie lächelte Mara an und fügte mit einem Augenzwinkern hinzu: »Wurde mir berichtet!«

»Da habe ich noch eine alte Platte!«, rief Martin. »*Ravi Shankar live.* Die haben wir immer gehört, als wir noch ... na ja.«

Die Stimmen trugen uns davon in alte Zeiten.

Julie erzählte von den Demonstrationen gegen den Vietnamkrieg in den USA und Claudine von den wilden Sechzigern in Paris.

Ja, daran konnte ich mich auch noch erinnern. Ich war damals nämlich ebenfalls in Paris. Mit Isabelle, mitten in den Studentenrevolten. Mir war noch nie in den Sinn gekommen, dass Claudine ungefähr in Isabelles Alter war, in meiner Erinnerung war sie immer die junge Frau geblieben, die sie war, als unsere Wege sich trennten. Ich sah wieder das kleine Zimmer in der Rue Racine vor mir, in dem Transparente vorbereitet, Haschkekse gebacken und Unmengen Zigaretten geraucht wurden. Ich erinnerte mich an den Geruch in meinem Fell, das Gefühl der Unbändigkeit und den Willen zur Selbstbestimmung. Ich erinnerte mich an Isabelles Wut auf die Politiker und an ihre Entschlossenheit, etwas zu ändern. *Unter dem Pflaster der Strand. Seid Realisten, fordert das Unmögliche.* Meine Isabelle. Keinen anderen Menschen habe ich so lange begleitet wie sie. Fast dreißig Jahre war ich bei ihr.

Ich weiß nicht, woran es lag. Vielleicht, weil an diesem Abend alle einen Blick zurückwarfen, weil sie sich gemeinsam erinnerten – aber mit jedem Wort, das sie sagten, wuchs eine stille Sehnsucht in mir, und plötzlich kam mir der verführerische Gedanke, Claudine und Isabelle könnten sich gekannt haben, damals in Paris. Vielleicht hatten sie gemeinsam demonstriert?

Vielleicht war Claudine sogar mal bei uns gewesen und hatte Bettlaken bemalt? Für einen winzigen Augenblick breitete sich warme Hoffnung in mir aus und erfüllte mich. Ich habe immer gerne geträumt. Aber im tiefsten Inneren bin ich Realist.

Wie groß war die Wahrscheinlichkeit? Oder besser wie klein?

Ich seufzte innerlich.

Das Gespräch plätscherte weiter, trieb an mir vorüber, und mein kurzer Anflug von Sentimentalität zog von den anderen unbemerkt vorbei und verschwand auf Nimmerwiedersehen hinter der nächsten Flussbiegung.

So ist es, ein Bär zu sein. Hoffnungen kommen und gehen. Ich weiß das. Aber ich werde mich wohl nie ganz daran gewöhnen.

Von draußen drang Glockengeläut zu uns herein. Mit tiefem Klang riefen die Glocken zur Christmette und erinnerten uns daran, dass Weihnachten war. Sicher zogen sich jetzt überall in den umliegenden Straßen Menschen ihre Mäntel an, packten sich warm in ihre neu geschenkten Mützen und eben erhaltenen Schals ein und machten sich auf in die schneeverwehte Nacht.

Bei uns, in der wohligen Wärme von Floras Wohnung, machte sich währenddessen, wie bei einem Löwenrudel nach der Fütterung, eine satte Trägheit breit.

»Jetzt noch einen Panettone!«, seufzte Luigi, rieb sich den Bauch und ließ den Blick über den Tisch schweifen, der aussah wie ein Schlachtfeld. »Dann es wäre eine richtig perfekte Fest.«

Claudine warf ihm einen tadelnden Blick zu.

»Sein größtes Laster sind die Süßigkeiten«, sagte sie immer, und ich kann mir nicht helfen, gerade das macht Luigi zu diesem liebenswerten Charakter – er kann genießen und kennt dabei am liebsten keine Grenze.

»Bella Mia!«, rief er und klopfte sich mit beiden Händen auf seine runde Kugel. »Ist doch meine Bauch, was du am vielsten liebst mit deinem *topolino*!«

Täuschte ich mich, oder wurde Claudine sogar ein bisschen rot? Ich musste schmunzeln. Noch nie hatte ich gesehen, dass es jemandem gelungen war, diese Frau in Verlegenheit zu bringen.

Sie räusperte sich, sagte jedoch nichts.

»Ich fürchte, du musst mit meinen Plätzchen vorliebnehmen«, warf Flora ein und schob ein paar Gläser und Schüsseln zur Seite, um vor Luigi Platz für den bunten Teller zu schaffen.

Mara kam ihm jedoch zuvor und nahm sich eine Mandelmakrone. »Macht jetzt auch keinen Unterschied mehr.« Sie tippte Salim an. »Probieren Sie mal die Marzipankartoffeln. Die sind himmlisch!«

»Kartoffeln?« Salim betrachtete skeptisch die braunen runden Kugeln. »Das sein Kartoffeln?«

Offenbar bin ich nicht der Einzige, der sich gelegentlich über merkwürdige Bezeichnungen wundert.

»Nein, nein«, sagte Louise. »Die sehen nur so aus.«

Salim schüttelte verständnislos den Kopf.

»Machen Sie sich nichts draus«, sagte Julie. »Deutsch ist eine schrecklich komplizierte Sprache.«

»Das stimmt. Aber die deutsche Sußigkeiten ist sehr gut!«, entgegnete Luigi und kniff Flora in die Wange.

»Jemand könnte vielleicht die Weihnachtsgeschichte vorlesen!«, schlug Claudine plötzlich vor. »Dann wäre es wie früher …«

Ich seufzte, bereits ahnend, was dieser Vorschlag auslösen würde. Und schon riefen Louise und Flora in gleichzeitigem Entsetzen: »Mama!«

Felix sah die Schwestern erstaunt an. »Ich dachte ja bloß. Für ein bisschen Weihnachtsstimmung …«

Louise schüttelte entgeistert den Kopf. »Ehrlich Maman, manchmal …«

»Ist doch alles schön so«, sagte Martin ruhig, und erstaunlicherweise antwortete Claudine: »Ja, vielleicht hast du recht.«

Alle sahen sie an. Martin lächelte.

Die entstehende Stille war von eigentümlicher Versöhnlichkeit. In aller Ruhe entfaltete sie sich zu ihrer vollen Größe und Bedeutung, bis keiner mehr wusste, was er sagen sollte.

Mara machte sich daran, die Teller zusammenzustellen.

»Ich räume mal ein bisschen auf«, sagte sie.

»Ach, lass doch«, sagte Flora. »Ich mache das später.«

Doch Mara ließ sich nicht abhalten.

»Ich helfe Ihnen.« Martin stand auf. »Zusammen sind wir schneller als die Heinzelmännchen!«

Mit dem erleichterten Gefühl, den Abend glimpflich überstanden zu haben, zog ich mich in mich zurück.

Was wollte ich noch mehr? Flora (und mir) war in letzter Minute der nächste verzweifelte Schreibanfall erspart geblieben. Felix war da, ob mit oder ohne Überraschung spielte letztendlich keine Rolle. Und unsere liebe Mara? Auch wenn sie schwierigen Zeiten entgegensah, war ihr freier Fall an diesem Abend doch sanft gebremst worden. Sogar Louise schien sich wohlzufühlen, obgleich sie mit ihrer Familie zusammen war, und niemand musste unnötig einsam sein, nicht Julie, nicht Salim und nicht einmal Martin. Die Weihnachtsnacht hatte ihre Arme weit ausgebreitet und uns alle freundschaftlich umfangen.

Ich merkte, wie ich müde wurde. So ein Tohuwabohu war ich nicht mehr gewöhnt. Die vielen Stimmen und Menschen, die ganze Aufregung um Felix. Ja, nach dem Bangen und Fürchten hatte ich jetzt wahrlich eine Pause verdient. Ich wollte mich gerne im Regal an James Joyce lehnen und über die Gespräche des Abends nachdenken. Über die Geschichten, die sie von ihren Teddys (und Hunden und Affen, aber hauptsächlich Bären!) erzählt hatten. Und über die Menschen, die vielleicht noch irgendwo lebten und sich an mich erinnerten. Und jene, die sich nicht mehr an mich erinnern konnten …

Ich schrak aus meinen Gedanken, als mich plötzlich jemand vom Tisch nahm. Es war Felix' Mutter. Ihre Finger waren warm, und sie roch gut. Ihre Fingernägel piekten ein bisschen in mein Fell, aber das machte mir nichts aus, denn ihre Berührung war trotzdem liebevoll, respektvoll.

»*Funny*, ich kannte auch mal so einen Bär«, sagte sie. »Ist er ein Weihnachtsgeschenk?«

»Nein, nein«, antworte Flora. »Henry und ich sind schon lange eine Wohngemeinschaft. Was ist aus Ihrem Bär geworden? Haben Sie ihn verloren?«

»No«, sagte Felix' Mutter, »es war nicht meiner. Er hat dem Nachbarmädchen gehört.«

Sie strich mir über den Kopf und sah mir ins Gesicht. Nachdenklich. Skeptisch. Fragend.

Ich war wieder hellwach. Wieso schaute sie mich so an? Stimmte etwas nicht mit mir? Fand sie mich am Ende auch orange oder ocker oder sonst irgendwie »nahezu« braun? Nein. Es lag etwas anderes in ihrem Blick. Und es machte mich richtig verlegen.

Aber wahrscheinlich galt diese zugewandte Miene gar nicht mir. Wahrscheinlich meinte sie nicht mich, sondern diesen Bären von einst. Sie suchte in mir nach der Vergangenheit.

Genau wie für Luigi, Claudine und Salim stand ich auch für Julies Erinnerung Pate. Mit meiner Hilfe konnten sie sich fast Vergessenes ins Gedächtnis rufen.

Gut. Auch das gehört zu den Aufgaben eines ordentlichen Teddys. Ich gebe zu, es erfüllte mich mit Stolz, zum friedlichen Gelingen dieses Abends einen nicht unwesentlichen Beitrag geleistet zu haben. Ja, es machte mich sehr zufrieden, den Menschen an diesem Weihnachtsabend ihre Geschichten zu entlocken.

Ich spitzte die Ohren.

»Das war eine traurige Geschichte damals, gleich nach *The Big War* …«, fuhr Julie fort. »Wenn ich an das Mädchen denke, sehe ich immer vor mir, wie sie diesen Bären am Arm hinter sich herschleppt …«

Oh, ich wusste genau, wovon sie sprach!

Ich war einmal für ein paar Wochen bei einem Jungen, der mich immer am Fuß gehalten hat – in dieser Zeit habe ich die Welt kopfüber betrachtet und meine Nase hat ausreichend Bekanntschaft mit Kniescheiben und Stuhlbeinen gemacht. Und Melanie erst! Die war so eine Arm-Kandidatin. Sie hat mich jahrelang an meinem rechten Arm herumgetragen. Ich kann heute noch den Rhythmus ihrer Schritte im Schultergelenk spüren …

»Ihr Vater war gestorben in *Fortythree*, im Flugzeug von den Engländern abgeschossen. Die Kleine hat fast nie gelacht. Ich hatte immer Mitleid mit ihr. Aber auch mit dem armen Bär! Obwohl ich glaube, dass er ihr einziger echter Freund war«, sagte Julie gedankenverloren.

Es war ganz still am Tisch geworden, während Felix' Mutter sprach. Ihre braunen Augen schauten nach innen, als betrachtete sie alte Fotos, als kramte sie in einer Zigarrenkiste nach alten Souvenirs, und fast schien es, als wundere sie sich selbst über das, was dort zu Tage kam.

»Ich weiß gar nicht, was aus ihr geworden ist«, sagte sie irgendwann. »Ich bin aus dem Dorf weggegangen. Es war zu klein. Nur vier Häuser! Und ich wollte ja die Welt kennenlernen!«

Sie lachte.

Das mit der Erinnerung ist so eine Sache. Sie kommt und geht, wie es ihr passt, und ist einfach überhaupt nicht verlässlich. Sie verändert sich mit der Zeit, wird glattgeschliffen und reingewaschen, wird runder und meist schöner. Sie wird immer einfacher und eindimensionaler, als würde die Zeit Schicht um Schicht von ihr abtragen. So ist es jedenfalls mit meinen Erinnerungen, und ich glaube, dass Menschen und Bären sich in diesem Punkt nicht wesentlich unterscheiden.

Ich weiß noch, dass ich anfangs, als ich es noch nicht gewohnt war, verloren und gefunden, verschenkt und vererbt zu werden, Angst hatte, Dinge zu vergessen. Ich befürchtete beispielsweise, irgendwann nicht mehr zu wissen, welche Farbe die Tapete in Alices Wohnzimmer hatte. Ich hatte Angst, mich plötzlich nicht mehr an den Duft ihres Haars, den Klang ihrer Stimme oder den extra Kiekser beim Niesen erinnern zu können. Ich wollte kein Detail verlieren, keinen Moment vergessen und versuchte, so gut es ging, Ordnung im Kopf zu halten. Aber mit der Zeit kamen immer neue Erlebnisse dazu, und auch die schienen mir wichtig, und irgendwann hatte ich keine andere Wahl mehr, als die Erinnerungen sich selbst sortieren zu lassen, denn sie wuchsen mir buchstäblich über den Kopf. Vielleicht sind mir heute manche lieber als andere, einige habe ich sorgsam gehütet, andere ein wenig vernachlässigt. Dennoch kann ich reinen Gewissens behaupten: Ein Bärenherz vergisst nichts. Es ist alles noch da, das weiß ich genau, denn in den Teilen meines Lebens, in denen ich an mehr oder weniger gemütlichen Orten saß und nichts anderes erlebte als das Verstreichen der Zeit (und wir sprechen hier nicht von Stunden, sondern von Jahren!), waren die Erinnerungen meine einzige Gesellschaft.

Eine davon ist ein warmer, linder Sommerwind nach dem überstandenen Krieg. Klänge von Musik in der Luft, die aus einem brandneuen Transistorradio kommen. Eine Stimme, die voller Inbrunst Schlagermelodien singt, die übersprudelt vor Neugier und Lebenslust. Ein dunkelbrauner, wippender Pferdeschwanz und zwei blitzgescheite Augen. Ein Lachen, nach dem ich mich sehne, sobald es verklingt. Ich erinnere mich an ein Gefühl, das ich nicht oft gehabt habe. Eigentlich nur dieses eine Mal. Es muss eine Art Verliebtheit gewesen sein. Ich bin in dieses Lachen verliebt, in die Unbeschwertheit und die Zuversicht dieses Mädchens, das ich aus der Ferne anbete, denn es ist leider nicht meine Besitzerin.

Dieses Lachen ist eine meiner liebsten Erinnerungen. Es war einzigartig in der Art, wie es sich seinen Weg bahnte, wie es mitriss und ansteckte. Es war unverwechselbar.

Dieses Lachen. Das jetzt wieder in meinen Ohren klang. Das aus Julie Davis' Kehle drang und geradewegs meinen weichsten Punkt erreichte.

Mein Fell sträubte sich.

Wieso spielte mir meine Erinnerung diesen Streich? Wurde ich vor lauter Weihnachtlichkeit sentimental?

Noch immer hielt mich Felix' Mutter fest in der Hand. Sie hatte die Arme sinken lassen, ich saß vor ihr auf dem Tisch, das Gesicht ihr zugewandt. Wieder sah sie mich an. Und dieses Mal ging ihr Blick nicht durch mich hindurch. Er meinte mich. Es war, als spräche sie mit mir, als sie sagte:

»Alle dachten, ich gehe zur *Housekeeping School* nach Marburg. Aber da waren so viele nette Amerikaner ... und ich wollte ja Sängerin werden ...«

Julies Worte hallten in meinem Kopf.

Vier Häuser. Genau wie Dreihausen, das Dorf, in dem ich nach dem Krieg gewohnt hatte. Bei Melanie, deren Vater Hänschen Rosner von den Engländern abgeschossen worden war, an deren Hand ich jahrelang baumelte, wie festgewachsen.

Es stimmte alles.

Hätte ich in Ohnmacht fallen können, wäre jetzt der richtige Zeitpunkt dafür gewesen.

Ich starrte die Frau an, die so unerwartet in unser Wohnzimmer geschneit war.

Julie. Julchen.

Julchen, der Farbtupfer des Dorfes. Die allein mit ihrer Mutter Marga Möhrchen in Haus Nummer 2 lebte. Die hinter der Hecke mit dem alten Caspar M. B. Wippchen auf der Bank saß und die Nachmittage verplauderte. Die von den amerikanischen Soldaten, die nach Dreihausen kamen und Deutschlands Kapitulation verkündeten, freudestrahlend herrlich süße Schokolade und das erste »Tschuingam« ihres Lebens empfing. Das Nachbarmädchen mit dem Transistorradio. Julchen, die davon träumte, Sängerin zu werden, und übungshalber in die sonnigen Nachmittage sang: »Ich fahr mit meiner Lisa, zum schiefen Turm von Pisa.« Die einen besonders warmen Platz in meinem Herzen hatte. Die irgendwann zur Hauswirtschaftsschule nach Marburg geschickt wurde und einfach aus meinem Leben verschwand.

Die Augen, die Stimme, das Lachen – es war keine Einbildung. Felix' Mutter war Julchen.

Ich konnte es nicht begreifen. Mein Bärenhirn ratterte, bestimmt fielen mir fast die Augen aus dem Kopf, so fassungslos starrte ich sie an. Dass ich es nicht sofort bemerkt hatte. Dass es mir nicht schon beim ersten Blick in ihr Gesicht aufgegangen war.

Es stimmte! Alles, alles stimmte!

Dann sind Sie in den USA aufgewachsen?«, fragte Martin an Felix gewandt.

»Ja, bis ich sechzehn war. Dann bin ich nach Deutschland gekommen. Zuerst zu meiner Großmutter in Dreihausen. Um meine Wurzeln zu erkunden …«

Martin fragte immer weiter und immer mehr, und sie redeten und redeten, aber ich hörte nicht mehr zu.

Felix kannte Marga Möhrchen! Natürlich! Sie war seine Großmutter. Er kannte die holprigen Steinplatten in ihrem Vorgarten, den Flieder mit den blassblauen Blüten! Vielleicht hatte er in der alten Hollywoodschaukel gesessen und dem Quietschen der Federn gelauscht, vielleicht kannte er sogar die Schmetterlingssammlung von Onkel Albert. Die ganze Zeit war er bei uns ein und aus gegangen, und ich hatte nichts davon geahnt. In mir blubberte es. Julchen hielt mich noch immer fest, und ich schmiegte mich in ihre Hände, spürte ihren kräftigen Herzschlag und war einfach nur froh.

Ich musste daran denken, wie sie damals versucht hatte, Melanies Freundin zu werden. Sie war sogar bereit gewesen, ihre Puppe zu verschenken, wollte Kleider für mich nähen und Vater, Mutter, Kind spielen (ich sollte das Kind sein). Aber Melanie wollte nicht. Nein. Mehr sagte sie nicht. Einfach nur nein. Und dann ging sie schweigend ihrer Wege, während mein Kopf gegen ihr Knie schlug. Wie oft hatte ich mich ins Nachbarhaus gesehnt. Wie viel lieber wäre ich manchmal bei Julchen gewesen. So gerne hätte ich ihrer Stimme gelauscht und mit ihr gespielt, anstatt immer nur die Verlängerung von Melanies linker Hand zu sein.

Und jetzt, jetzt war sie da.

Alles an mir bebte. Ich feierte mit mir selbst ein Freudenfest. Tanzte im Kreis und sang. Ich hätte platzen können. Platzen, platzen, platzen vor Glück. Weinen und schreien. Aber ich konnte nicht aus meinem Körper. Mir blieb nichts anderes übrig, als zu gucken und immer wieder zu denken: Das ist Julchen. Mein Julchen. Ein bisschen in die Jahre gekommen, genau wie ich. Aber hier, am selben Ort. Hier bei mir. Nach sechzig Jahren!

Ich sah ihr in die Augen, und ich weiß genau, dass ich mich nicht täuschte. Das bekannte Blitzen war noch da. Und auch das alte Gefühl in mir war nicht vergangen.

Wieder und wieder stieg ihr Name kribbelnd in mir auf. So ähnlich stelle ich mir das Kitzeln von Brausepulver vor, das früher die Kinder vor Glück juchzen ließ. Ja, plötzlich fällt es mir wieder ein: die bunten Papiertütchen. Vor allem Julchen hatte es geliebt, mit spuckenassem Zeigefinger in das saure Pulver zu tauchen und es im Mund aufschäumen zu lassen. Dann streckte sie immer ihre rosa Zunge raus und lachte aus vollem Hals.

Sie liebte alles, was bunt und neu war.

Das Unbekannte hatte sie immer gereizt, es hatte nicht gereicht, Filme zu schauen und sich Geschichten erzählen zu lassen – sie musste immer alles selbst ausprobieren. Daher wundert es mich nicht im Geringsten, dass sie nach Amerika gegangen war. Ich weiß noch, wie sie damals im Garten saß und von den gelben Taxis in New York phantasierte, den meterhohen Buchstaben des Hollywood-Schriftzuges in L.A. und Palmen in der Stadt. Amerika, das war ein großes Versprechen mit Sternen und Streifen.

So viel habe ich erlebt, seit Julchen damals aus Dreihausen verschwand. Ich wurde Franzose und Italiener, Schweizer und Ungar und schließlich sogar Österreicher. Die Welt hat sich im Eiltempo verändert, fast könnte man meinen, nach jeder Umdrehung habe sie ein neues Gesicht. Aus Telefonen wurden Handys, aus Schreibmaschinen Computer und aus Kriegsfeinden Verbündete. Aus Atomen machte man erst Bomben und dann Strom. Und all das während nur eines Menschen- beziehungsweise Bärenlebens.

Und was war Julchen widerfahren? Hatte sie geliebt? Einmal? Viele Male? Nie? Hatte sie sich nach Hause gesehnt oder immer noch weiter weg? Hatte das Leben sie wild vor sich hergetrieben oder sanft getragen? Und Felix? Wer war sein Vater? Es war Julchen doch nicht ergangen wie ihrer Mutter, die ihren Mann, einen gewalttätigen Trunkenbold, mutig vor die Tür gesetzt hatte? Ich wollte so viel wissen. Ja, eigentlich alles. Am liebsten sofort.

Erzähl! Erzähl!

Und das tat sie. Mit ihrer tiefen Stimme und dem wachen Blick zog sie alle in den Bann.

Ich konnte mich gar nicht sattsehen an Julchens Augen, ihrer Mimik und ihren Bewegungen. Ich staunte über ihr Alter und erkannte gleichzeitig so vieles an ihr wieder.

Mit jeder Minute, die verstrich, wurden die Jahre, die uns getrennt hatten, unwichtiger. Ja, eigentlich fühlte es sich schon nach fünf Minuten so an, als hätten wir erst vorgestern zusammen in Viktoria Rosners Küche in Dreihausen gesessen und ihr beim Kartoffelschälen zugesehen. Vielmehr hatte ich zugesehen, während Julchen pausenlos redete, schwärmte, träumte, dass Viktoria die Ohren glühten und sie sich irgendwann genötigt sah, »Kindchen, nun schalt mal einen Gang runter!« zu sagen.

Bilder und Erinnerungen purzelten wild durcheinander.

Ich war unendlich glücklich. Ich glaube, so glücklich wie noch nie. Auf der ganzen Welt konnte es kein besseres Weihnachtsgeschenk, keine gelungenere Überraschung geben.

Die Liebe in mir glühte.

Das Schlimme an schönen Momenten ist, dass sie irgendwann zu Ende gehen. Schon in dem Augenblick, in dem das Glück einen warm durchströmt und sich wie Sommerschmetterlinge im ganzen Körper ausbreitet, weiß man eigentlich, dass es nicht von Dauer ist.

Der Gedanke kam mir, als Julchen zum ersten Mal gähnte. Während ich fasziniert beobachtete, dass sich auch ihre Gestik, die Art, wie sie den Handrücken leicht übertrieben vor den Mund hob, in all den Jahren kein bisschen geändert hatte, und ich mich plötzlich daran erinnerte, wie sie damals ihren koketten Augenaufschlag einstudierte und einen wiegenden Gang übte, der den Rock schön um die Waden schwingen ließ, da traf es mich wie ein Blitz: In nicht allzu langer Zeit würde sie müde sein und nach Hause gehen wollen. Die Woodstockzeiten ohne Schlaf und mit Musik lagen hinter ihr. Felix würde sie in ihre Seniorenresidenz zurückbringen, und ich bliebe wieder mit meinen Erinnerungen allein, mit frisch erwachter Sehnsucht und dem Wissen, dass Julchen zwar irgendwo in der Nähe, aber dennoch völlig unerreichbar war. Ich konnte den Gedanken kaum ertragen.

Wenn ich doch nur einmal den Mund aufmachen könnte! Wenn ich doch nur diesen einen Satz sagen könnte: *Julchen, ich bin's!* Ich wünschte mir aus aller Kraft, noch ewig hier sitzen und ihre Gegenwart genießen zu können.

Aber dann, als die Kirchturmuhr aufdringlich laut verkündete, dass aus dem Heiligen Abend inzwischen Weihnachtsmorgen geworden war, sagte Louise den befürchteten Satz: »Ich glaube, ich mache mich dann mal langsam auf den Heimweg.«

Ich erschrak, dass meine Ohren zitterten.

Nein! Nicht gehen! Niemand soll gehen.

»Du willst schon los?«, fragte Flora. Doch es klang nicht wirklich bedauernd, eher wie eine höfliche Phrase, etwas, das man eben sagt, damit der Gast sich nicht unwillkommen fühlt.

Flora war eine vollendete Gastgeberin, sie hätte nie demonstrativ auf die Uhr geschaut oder gegähnt. Aber ich konnte mir gut vorstellen, dass sie an sich nichts dagegen gehabt hätte, sich in ihr liebes Bett zu kuscheln, wie sie es nannte, um sich in aller Ruhe über den Abend zu wundern.

Aber doch nicht heute! Doch nicht jetzt, wo Julchen bei uns zu Besuch war, sich in meinem Leben endlich, endlich ein Kreis geschlossen hatte und ich auf Wolke sieben schwebte!

»Ist doch schon spät«, entgegnete Louise und stieß ihren Vater mit dem Ellenbogen an. »Wie sieht es aus, Pap, soll ich dich mitnehmen?«

Martin zögerte mit seiner Antwort eine Sekunde zu lange. Sein Gesicht verriet Unentschlossenheit.

»Danke für das Angebot, Lieschen«, sagte er schließlich. »Aber ich leiste dem armen Fräulein Mara noch ein bisschen Gesellschaft.« Er legte Mara eine Hand auf den Arm. »Wenn sie nichts dagegen hat ...«

Was?!

Für einen Moment war ich so konsterniert, dass ich ganz vergaß, an Julchen zu denken. Der Satz hing in der Luft wie eine spitze Nadel, die drohte, der schönen Stimmung ein Loch zu versetzen. Ich fürchtete, dem Abend könnte die Luft ausgehen, wie einem kaputten Ballon, und wartete nur noch auf den Knall.

Mara lächelte entschuldigend und wich Floras forschendem Blick aus. Aber Louise sagte nur »Ist gut« und ging, um ihren Mantel zu holen. Das war alles.

Ich war beeindruckt. Kein flapsiger Kommentar, keine spitze Bemerkung von Claudine. Nur ein leises Augenbrauenhochziehen von Flora. Das Familiengericht schwieg. Ich glaube, Martin war mindestens ebenso überrascht wie ich.

Nun bin ich nicht so naiv zu glauben, von nun an würde die Welt sich andersherum drehen. Aber vielleicht hatten die Sommers ja einem neuen Gefühl die Tür geöffnet, einer Art Großzügigkeit oder Freiheit. Das wäre doch immerhin ein Anfang …

Louise verteilte Küsse und umarmte ihre Schwester fest.

»Danke für den schönen Abend, Flo«, sagte sie. »Dieses Weihnachten war wirklich sehr … anders.« Sie hielt inne. »Und voller Überraschungen«, fügte sie hinzu.

Ich hätte es nicht besser sagen können! Nein, wirklich. Mein Blick wanderte hinüber zu Julchen, und irgendwie hatte ich das Gefühl, sie lächelte mich an.

Da rieb sich Felix das Gesicht und sagte: »Wir sollten auch langsam …«

Und ich fiel von meiner Wolke wie Ikarus vom Himmel.

Es hatte aufgehört zu schneien. Schweigend war der Mond hervorgekommen und leuchtete durchs Fenster zu uns herein. Die weiße Decke, die sich über die Welt dort draußen gelegt hatte, ließ die Nacht seltsam bläulich und unwirklich erscheinen, genau wie es zu einem Abend dieser Art passte. Unbemerkt waren die Kerzen am Baum eine nach der anderen erloschen.

Ich war verzweifelt. Musste ich wirklich einfach zusehen, wie Julchen ging und verschwand? Würden wir uns jemals wiedersehen? Verfluchtes Bärendasein! Flehentlich sah ich sie an, hypnotisierte ihre Gedanken in der Hoffnung, sie würde mich vielleicht doch noch erkennen. Doch sie bemerkte mich nicht.

Luigi gähnte und begab sich zum Sofa, um, wie es aussah, dort eine Position einzunehmen, die er für den Rest der Nacht beibehalten wollte, Claudine und Julchen tauschten Telefonnummern und Felix trank sein Glas aus.

»Ich bringe sie nach Hause und komme wieder zurück«, raunte er Flora ins Ohr. »Okay?«

»Lieber morgen«, sagte Flora mit ihrer verliebten Stimme und lächelte. »In Ruhe.«

Felix nickte und strich ihr eine Haarsträhne aus der Stirn. Alle Zeichen zeigten auf Liebe.

»In Ruhe. Nur du und ich«, sagte Felix.

Mein Herz brannte lichterloh.

Entschuldigt, dass ich widerspreche. Aber ich werde auch da sein. Weil Julchen mich nämlich hier zurücklässt. Allein!

Plötzlich warf Flora mir einen merkwürdig eindringlichen Blick zu. Als hätte sie mich dabei erwischt, wie ich nachts heimlich den Kühlschrank plündere (obwohl ich das natürlich gar nicht kann!). Hatte sie meine Trotzrede gehört? Postwendend bekam ich ein schlechtes Gewissen. Ich fühlte mich ertappt. Hier saß ich und wollte nur noch bei Julchen sein, wollte, dass sie mich nie wieder losließ, mich in ihre unförmige Handtasche packte und mit nach Hause nahm. Als bedeutete Flora mir nichts. Und so konnte man das ja wirklich nicht sagen. Es war nur einfach so … überwältigend, Julchen wiederzuhaben. Wenn das jemand verstehen konnte, dann doch Flora, oder nicht?

In meinem Kopf stritten sich die Gefühle. Ein Wort gab das andere, es herrschte ein schreckliches Durcheinander dort oben. Darum hörte ich auch nur mit einem halben Ohr, dass Flora fragte: »Du, Felix. Wie hieß eigentlich deine Großmutter?«

Er sah sie überrascht an.

»Warum?«

»Ach«, sagte sie leichthin. »Nur so. Sag doch mal.«

»Margareta. Margareta Mohr.«

»Bin gleich zurück«, sagte sie und verschwand im Schlafzimmer.

Felix sah Flora geduldig hinterher, betrachtete ihren nackten Rücken, die spitzen Schulterblätter, die er immer Engelsflügelchen nannte, und in seinem Blick lag amüsierte Bewunderung. Vielleicht schüttelte er sogar ein bisschen den Kopf. Aber er fragte nicht weiter nach. Dafür kannte er sie inzwischen auch zu gut.

Ich wusste zwar auch nicht, was sie vorhatte, aber es war mir in diesem Augenblick, ehrlich gesagt, egal. Mir war jeder Aufschub recht, der mir erlaubte, länger in Julchens Nähe zu bleiben.

Ich verfolgte jede ihrer Bewegungen, lauschte auf jeden Ton, den sie sagte, und konnte es noch immer nicht fassen.

Vom Sofa ertönte ein Schnarcher.

»Luigi!«, rief Claudine. »Du willst doch da jetzt nicht etwa einschlafen?!«

Martin grinste wie ein zufriedener Verlierer, aber Luigi öffnete die Augen und schüttelte nur gelassen den Kopf.

»Ach, *bella mia*, ich kann doch gar nicht schlafen, ohne dir.«

Claudine schürzte geschmeichelt die Lippen. Schnell, wie um ein schamhaftes Lächeln zu überspielen, sagte sie: »Komm, du musst dich verabschieden!« Sie wandte sich an Felix und Julchen. »Es war jedenfalls ganz reizend, Sie beide kennenzulernen. Ich hoffe, wir sehen uns recht bald wieder.«

»Ja, das hoffe ich auch«, sagte Julchen. »Dann komme ich endlich mal raus aus diesem Gruselkabinett von Residenz. Man fühlt sich ja dort …«

»Mum! So schlimm ist es doch gar nicht.«

»Doch! Sogar schlimmer.«

Dann stand sie vom Tisch auf. Es war so weit.

Ich kann das Gefühl nicht beschreiben, das mich in diesem Moment überrollte. Hilflosigkeit. Ohnmacht.

Julchen!

Ich schloss ihren Anblick tief in meinem Herzen ein. Das war das Beste, was ich tun konnte.

»Wo ist Flora denn jetzt hin, wir müssen mal über die Schlafsituation sprechen …« Claudine sah sich um.

Felix zuckte die Schultern.

»Vielleicht ist sie dem Christkind ja doch noch begegnet …«, sagte Martin und es klang, als schlösse er die Möglichkeit nicht hundertprozentig aus.

»Flora! Schätzchen, wir müssen …« Claudine verstummte abrupt, als Flora aus dem Schlafzimmer kam. Auf ihrem Gesicht lag ein Leuchten, das jeden Weihnachtsbaum in den Schatten gestellt hätte. Es kam von tief innen und schien den ganzen Raum in ein weiches Licht zu tauchen. Schweigen legte sich über den Raum.

Ohne ein Wort trat sie zwischen Felix und Julchen und legte ein Buch auf den Tisch.

Mein Buch.

Da ging mir ein tröstender Stern auf. *Mein Buch*. Natürlich! Dass ich nicht eher draufgekommen war! Flora wusste ja Bescheid!

Ich war nicht der Einzige, der verstanden hatte, dass es Weihnachtswunder gibt.

»Ich kenne sie unter Marga Möhrchen«, flüsterte Flora in sein Ohr. Felix blickte sie mit großen Augen an, gleichermaßen verwundert und erschrocken, und sie fügte hinzu: »Deine Großmama, du Dummer.«

»Aber … wieso? Woher weißt du …?«, stammelte er.

Sie hielt sich das Buch vor die Brust und tippte wortlos mit dem Zeigefinger auf den Umschlag, auf mich. Dann reichte sie es seiner Mutter.

»Ein kleines Geschenk für Sie, *Julchen*.«

Julchen nahm überrascht das Buch entgegen und wollte schon etwas sagen, da hielt sie inne und runzelte die Stirn. Sie blickte Flora mit einem stillen Lächeln an und sagte: »So hat mich schon lange keiner mehr genannt.« Sie strich vorsichtig über das Buch und betrachtete den Umschlag. Dann wanderte ihr Blick zu mir. »Das ist ja der Bär!«

Flora nickte.

»Und ich könnte mir vorstellen, dass es ihm gefallen würde, Sie für eine Weile zu besuchen …«

Gefallen?! Hatte sie *gefallen* gesagt?! Mein Herz machte einen Sprung, so aufgeregt war ich.

Natürlich will ich sie besuchen!

Floras Hände umfassten mich und hoben mich vom Tisch. Diese guten, warmen, vertrauten Hände, die immer nur das Beste für mich taten. Sie sah mir ins Gesicht.

»Hab ich recht, Henry?«

Ja. Und wie sehr du recht hast. Wie unglaublich recht du hast!

Sie wackelte an meinem Kopf, als würde ich nicken, und rief mit Brummstimme: »Au ja!«

Meine Flora. Sie kannte mich wirklich zu gut.

Schließlich hob sie streng den Zeigefinger und mahnte:

»Aber bis Ostern bist du zurück, klar?«

Julchen lächelte. Ich auch.

Danke, flüsterte ich, als sich Floras Hände von mir lösten und ich in Julchens Arm landete. *Danke!*

»Ach, das ist aber lieb. Dann bin ich nicht mehr so allein, in diesem Gespensterfriedhof.«

»Ich bin sicher, ihr habt euch viel zu erzählen …«

»Mum«, begann Felix. »Weißt du, Flora hat die Biographie dieses Teddys aufgeschrieben … Sie hat … also, sie weiß … sie kennt …« Er schüttelte den Kopf und seufzte. »Ich verstehe es selbst nicht so ganz.«

»Das macht doch nichts, mein Schatz«, sagte Julchen, und Flora lachte und küsste ihn.

»Fröhliche Weihnachten« sagte sie dann in den Raum, und es klang weniger wie ein Wunsch denn wie eine zufriedene Feststellung.

Mein Herz beruhigte sich. Ich spürte Julchens festen Griff, und die Liebe in mir war warm und groß, in der Gewissheit, dass endlich alles seine Richtigkeit hatte.

Sie haben Henry N. Brown in Ihr Herz geschlossen?

Dann lesen Sie unbedingt seine Lebensgeschichte, die Anne Helene Bubenzer aufgezeichnet und im Thiele Verlag veröffentlicht hat.

Gebunden in Halbleinen,
416 Seiten
ISBN 978-3-85179-028-3

ISBN 978-3-85179-261-4

2. Auflage

Umschlaggestaltung: Christina Krutz Design, Biebesheim am Rhein
Satz: Christine Paxmann • text • konzept • grafik, München
Druck und Bindung: CPI Moravia

www.thiele-verlag.com